U0690172

活成自己喜欢的样子

莘子 / 编著

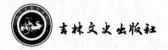

吉林文史出版社

图书在版编目（CIP）数据

活成自己喜欢的样子 / 莘子编著 . -- 长春 : 吉林文史出版社，2019.3

ISBN 978-7-5472-5668-8

Ⅰ . ① 活… Ⅱ . ① 莘… Ⅲ . ① 散文集 – 中国 – 当代 Ⅳ . ① I267

中国版本图书馆 CIP 数据核字 (2018) 第 253873 号

活成自己喜欢的样子
HUOCHENGZIJIXIHUANDEYANGZI

编　　著　莘　子

责任编辑　张雅婷

封面设计　末末美书

出版发行　吉林文史出版社有限责任公司

地　　址　长春市人民大街 4646 号

电　　话　0431-86037507

网　　址　www.jlws.com.cn

印　　刷　天津一宸印刷有限公司

开　　本　880 毫米 × 1230 毫米　1/32 开

印　　张　8

字　　数　140 千

版　　次　2019 年 3 月第 1 版　　2019 年 3 月第 1 次印刷

定　　价　36.80 元

书　　号　ISBN 978-7-5472-5668-8

序 言

记得曾看过某韩国明星的一场演唱会，令人印象十分深刻。在演唱会开始之前，现场大屏幕上播放了一段视频，视频内容是这位明星 8 岁时参加的某电视节目的一个片段。

大屏幕上，主持人问当时年仅 8 岁的小男孩："你叫什么名字？"

小男孩表情很酷地回答："我叫权志龙，今年 8 岁，我想成为一个 rap 说得很好的人。"

然后，8 岁的他便表演了一段 rap。就在这时，如今已经 27 岁，早已成为红透半边天的大明星的权志龙也出场了，握着话筒，和视频里 8 岁的自己一起合唱了这段 rap。那一刻，他仿佛穿越了时空，触碰到了曾经年幼时候的自己，就好像在告诉他："瞧，19 年后的你，果真实现了自己的梦想，活成了自己喜欢的那个样子！"

年少时，我们都曾憧憬过自己的未来，在心里一遍遍想象、描摹，自己将会活成什么样子。但能够一直不忘初心，坚持梦想的人，却始终是少数。

在生活中，更多的人都在成长的过程里一点点丢失掉了自己。锋利的棱角最终被磨平，特立独行的信念最终被摧毁，匪夷所思的梦想最终化为泡影……然后，他们，或者我们，逐渐变成了同样的形状，同样的颜色，就像工厂流水线上加工出来的那些规规整整的商品一般，早已不见当初的模样。

他们说，要好好读书，提高成绩，将来上个好的大学，这样才有出息——于是，你努力奋进，埋头钻进题海，牺牲一切自由玩乐的时间，就为了能提升一点儿考试的分数；

他们说，要报热门专业，这样以后才能找个好工作——于是，你查阅资料，筛选学校，研究哪一门专业拥有更好的就业方向，却从来不曾考虑过自己的喜好；

他们说，要有车有房，活得富足无忧，才能幸福快乐——于是，你拼命赚钱，争取薪资优渥、保障齐全的工作岗位，却并不在乎这份工作是否能为你带来心灵的满足；

他们说，到年纪结婚生子了，应当找个合适的人，条件可不能太差——于是，你踏上相亲之旅，像挑选货物一样，同时也把自己摆上"货架"，让人待价而沽……

如今的你是什么样子呢？

或许拥有让人敬佩的高学历，或许拥有令人羡慕的高薪厚职，或许拥有看似幸福的完美家庭。你或许已经活成了别人眼里成功的样子，成为别人口中值得效仿的榜样。可这真的是你想要的吗？这真的是你曾憧憬过的未来，曾描摹过的自己吗？

还记得年少时的梦吗？还记得当初那仗剑走天涯的渴望吗？还记得深埋在你内心深处，自己最喜欢的模样吗？

人这一生，能够找到自己喜欢的事情是极为幸运的。做自己喜爱的事情时，我们所能获得的最大回报就是心灵的满足与幸福，而这恰恰是多少金钱都无法买到的东西。而当我们能够顺遂心意，去做自己真心喜爱的事情，那么终有一天，我们必能活成自己最喜欢的样子，如此，人生还能有什么遗憾呢！

谨以此书，献给每一个仍旧心怀憧憬的人，希望它能给予你温暖与力量，让你用更多的勇气，去追寻自己内心的渴望，找到真正属于自己的方向。人活一世，唯愿不留遗憾，不忘初心，活成自己喜欢的样子！

目录
CONTENT

TOP 01

世界是你自己的，与他人无关

TOP 02

心的容量有限，有时在乎太多，
对自己是一种折磨

TOP 03

带着美好与欢喜前行，
哪怕一个人也定然不会寂寞

TOP 06

人最不该辜负的是自己，答应自己的事，少一件都不算数

TOP 01

世界是你自己的，
与他人无关

————

　　生活，是一件非常艰难的事情，特别是想要让自己过得好，总是要考虑很多这样那样的事情。人们会因为亲人的事情、朋友的事情，甚至是陌生人的事情让自己的生活变得不那么顺利。其实，我们来到这个世界上，最需要重视的人就是自己。

世界已经太吵，你需要听听自己

人之所以被称为万物之灵，是因为人有自己的思想和灵魂。但如今，随着社会的发展，在生活节奏越来越快的当下，却有许多人早已遗忘了"思考"，活得就像工厂流水线上生产的产品一样，跟随着传送带，被动地去往人人都指向的那个所谓"正确"的地方，自己却从来不曾思索，那是何处，又是否真是自己的心之所向。

世界这般吵闹，以至于越来越多的人遗忘了自己的声音。

他们说，你要好好读书，将来考一个好的大学——于是你好好读书，把考一个好的大学当作未来的重要目标，却从来没想过，这件事对你自己的意义究竟在何处；

他们说，这个专业热门，以后出来好找工作——于是你毫不犹豫地选择了热门专业，把以后找一份好工作放在心中，却从来不曾思索，这个专业、这份工作究竟是不是你心中所喜爱的；

他们说，年纪到了，该结婚生子好好过日子——于是你赶紧把相亲提上日程，像完成任务一样去寻找一个所谓"合适"的伴侣，却根本不曾扪心自问，那是否真的是你所向往的幸福……

01

天堂里，几个天使围坐在一起，讨论着刚才瞧见的人世间发生的一件事情：

有一个樵夫，他在上山砍柴时，无意间闯入了一个破屋子，并在里头找到一个陶土罐。樵夫觉得，这个陶土罐看上去挺不错，颇有些古色古香的感觉，拿到集市上，兴许能换几个钱。于是樵夫便带走了陶土罐，和砍的柴一起带到了集市上。

一位艺术家瞧见樵夫的陶土罐，欣喜若狂，立即花大价钱买下了这个陶土罐，小心翼翼地捧走了。

樵夫非常高兴，回到家之后对妻子说道："我今天运气着实好，碰上个傻里傻气的家伙，竟肯花这么多钱买下我在山上寻到的那个脏兮兮的破陶土罐，我可真是太幸运啦！"

同一时刻，捧回了陶土罐的艺术家也正兴高采烈地对自己的妻子说道："啊呀，我今天的运气真是好极了！竟然能在集市上找到这么完美的艺术品，那个樵夫可真是够蠢，为了那么点儿钱，居然舍得把这么美丽的艺术品给卖掉！"

　　天使们觉得很有意思，一个陶土罐，卖出它的樵夫欣喜若狂，得到它的艺术家也高兴不已，而且都觉得对方才是个"傻子"。那么，这两个人到底谁从中获利更多，谁才是真正的"傻子"呢？

　　就在天使们对此争论不休的时候，天使长走了过来，他微笑着对众天使说道："对于樵夫来说，金钱比陶土罐实用多了，能让他们一家吃饱穿暖，用于己无用的陶土罐换来有用的金钱，他自然是幸运的；而对于艺术家来说，陶土罐是他心心念念的艺术追求，比金钱值钱多了，能让他的精神和灵魂得到满足，所以得到陶土罐对他来说自然也是一件幸福的事。其实，只要得到了自己真心喜爱的东西，那自然便能令人开怀。而对于不同的人而言，即使是同一件东西，价值也有所不同，于你而言是废物，于他而言却可能为宝藏。"

　　每个人所理解的幸福都是不同的，对樵夫来说，吃饱穿暖就是幸福，而对艺术家来说，获得精神上的满足才是真正的幸福。这两种幸福并没有什么高下之分，就像天使长所说的，只要得到了自己真心喜爱的东西，那自然便能令人开怀。

　　甲之砒霜，乙之蜜糖。

\ 02

在众人眼中，她绝对是个极其幸运的女孩，家境富裕，长相漂亮，大学毕业之后又在亲戚的帮助下找到一份轻松稳定赚钱又多的工作，认识她的人都羡慕极了。

但她也有着自己的烦恼。她有一个交往了三年的男朋友，和她是大学同学，两人感情一直非常好。男孩也是个不错的人，但家境和出身都不是太好，父亲以前犯过事，后来出来没多久就病死了，是母亲一个人拉扯他长大的。也因为这样，女孩的家人一直不愿意接受他。

经过深思熟虑之后，女孩觉得，自己还是无法放下男孩，于是毅然决然地和男孩去了外地打拼。两个毫无经验、毫无根基的年轻人，在外地打拼，日子自然过得艰难。很多以前的同学在知道女孩的事情之后，都私下里议论，觉得女孩太傻，以后一定会后悔。

三年之后的同学聚会，女孩和男孩都没有出现，他们依旧成了聚会上的热门话题。不少同学和女孩都还保持着联系，听说他们俩结婚以后，由于工作都不理想，所以一直过得很拮据。大家一阵唏嘘，纷纷为女孩当初冲动的决定感到惋惜。

后来，又过了三年，这一回的同学聚会，女孩和男孩都来了，他们幸福地依偎在一起，似乎过得很是不错。随后，同学们得知，他们早在两年前就注册了自己的公司，还生了一个可爱的儿子，也终于得到了女孩家人的谅解，生活越过越好。

几个和女孩要好的同学纷纷祝福女孩，说她总算是"苦尽甘来"。但女孩却微笑着说道："其实不管是穷日子还是富日子，我们过得都很有滋味儿，和他在一起，哪怕是最初的艰难，我也甘之如饴，从来不曾有过丝毫的后悔。"

每个人所渴求的幸福都是不同的。有的人，事业就是幸福；有的人，家庭才是一切；有的人，一生追逐自由。一个人是否幸福，不在于他得到了多少，而是在于他是否得到了自己真正想要的东西。

就像女孩，在别人眼中，放弃优渥的工作和富足的生活是多么不理智的行为，但她却深知，比起这些，自己更想要、更重视的，是能与自己一同携手的恋人，是那份温暖灵魂的爱情。所以，女孩收获了幸福，真正属于自己的幸福。

生活便是如人饮水，冷暖自知。不管别人怎么看，饮水的那个人，始终是你自己。

 ## 你不可能让所有人满意，也没这个义务

不少人困惑不解，我都那么努力让大家满意了，为什么

还是有人不喜欢我？

不少人也会为了一份不认同而暗自神伤，难过许久，总觉得是自己做得不好，下次要改正，要更好，却不知这是一个无解的命题。

一千个人的眼里有一千个哈姆雷特，这世上没有人能令所有人都满意。

若要迎合所有人的要求，你只会失去自我，根本不可能获得快乐。

01

海浪卷走了小孩的鞋子，小孩在海滩上写下：大海是小偷！

一个男人在海里打捞出了一些好东西，在沙滩上写下：大海真慷慨！

一个少年溺水身亡，他的母亲在海边写下：大海是凶手！

一个老翁打捞到一颗珍珠，他写下：大海真仁慈！

……

这时，一个海浪冲上来抹去了所有的字，大海平静地说："如果你想成为大海，就不要在意别人对你的评说，因为你做不到让所有人满意。"

有时世界很大，大到天下之大全是陌生的面孔，四海为家却没有容身之所。

有时世界很小，小到一转身恰好就遇到一个人，匆匆过客成了你的朋友。

我们总是迫不及待地需要别人的肯定，将之当作前行路上支撑自己的支点。

然而，不同的人站在不同的立场，会有不同的看法。即使你再怎么努力，你表现得再好，也不可能让所有的人都满意，所谓众口难调说的就是这个意思。

当你话多的时候，有人会说你不够矜持；

当你话少的时候，又有人批评你过于孤傲；

你受欺负的时候选择宽容，有人说你懦弱；

你若选择拼死反抗，又有人说你莽撞；

……

你费尽心思去讨好别人，到最后只会发现，你讨好不了所有人。你越迎合，你就越失望。

喀莎的父母和哥哥都是非常知名的画家，喀莎也希望能像他们一样以画画为终生职业，喀莎每画完一张画就会询问家人的意见。

爸爸看了看，撇撇嘴说："哦，这个线条太僵硬了。"

喀莎赶紧按照爸爸的意见修改，让线条变得柔和。

妈妈看完说："亲爱的，你的画有些太抽象了，飘忽的东西没人爱看。"

喀莎又采纳了妈妈的意见，让画作变得具体化。

哥哥又说："上帝，这是什么？是块木头吗？"

喀莎赶紧按哥哥的意见修改，结果那些画作简直就是被染料弄脏的一张废纸。

就这样，喀莎的时间几乎都用在修改画作上，最终也没能完成一幅完美的作品。

这个世界是很多元的，一件事情，无论你花尽多少心思，费尽多少努力，做到什么程度，都会有不同的声音，进行挑剔与批评。

你不用努力去让所有人都满意你，那不可能，你也做不到。

02

生活终极的目标并不是为了赢得别人的好评与赞赏，而应当是自我价值的实现，最要紧的是自己如何看，而不是别人如何看。

别人满不满意是别人的事情，至少你，应该把时间和精力用在让自己满意上。

L 先生是一家出版社的编辑，在许多人眼里，他是一位有主见又强势的人。例如，L 先生对稿子的质量要求很高，上交给他的稿件，一般都会被要求修改很多次，经常有一些同事们私底下嘟囔 L 先生是"拿着鸡毛当令箭"，心高气傲，实在是不好搞定的主儿。L 先生不怕别人在背后对自己指指点点，依然我行我素。

L 先生平时在领导面前不太爱表现，不爱说话，更不会参加没有意义的酒局，有些朋友劝他说："干得好不如说得好，会干事不如会来事""多讨老板喜欢，晋升才有希望""年轻人，你不圆滑，要吃亏的"……但 L 先生却说："不圆滑，不世故，不曲意迎合，这就是我的个性。"

一年，出版社空出一个主任名额，主编一直在 L 先生和 M 小姐两个人选中犹豫，后来考虑到 M 小姐性格更随和、处事更灵活，就将提拔名额暂定给了 M 小姐。得知消息后，L 先生当即找到了主编，严肃地指出，"你也许不喜欢我这个人，但能力才是关键的，我觉得我自己更能胜任主任职位。"

的确，L 先生虽然苛刻，但他负责的稿件却是出版社质量最好的，最终他成功拿下提拔名额。

"你这样就不怕得罪人吗？"有人问。

L 先生微微一笑，回答道，"我又不是人民币，能让每一个人都喜欢我，就算我真是人民币，也架不住人家更喜欢美金、欧元等。所以，没人喜欢我，那绝对不是我的过错，我才不会为此浪费自己的时间和精力。"

L 先生努力将自己的工作做到最好，最终靠实力赢取了众人的尊重和认可。

世界上有多少个人，就会有多少种 100 分。这个世界不是我们愿意委屈自己，改变自己，就能得到所有人的喜欢。即使我们做得再好，再优秀，都会有人不喜欢我们。

所以，我们只需要奋力达成我们心中的 100 分即可。

当你变得越来越强大和优秀，你会发现别人不再对你指指点点，他们更多的是和颜悦色，和你接触时更多的是尊重与理解。

你是不是要感叹世界的神奇？不用感叹，人性就是如此。不是他影响你，就是你影响他。

03

无论你怎样选择，都不能让每个人都喜欢你；无论你怎样尽力，都不能满足每个人的需要；无论你怎么顾全大局，都无法让所有人满意。

一个人，如果遭所有人讨厌，说明你得开始检讨自己了，又或许，适合你的人还没出现。

一个人，即使得到所有人喜欢，你也一定在人际交往中废了太多的心思，其实也很憋屈。

当一个人在别人口中全是优点的时候，他要么是上帝，要么就是在伪装；

你绝对不是上帝，你之所以活得那么疲累，就是因为太在乎每一个人的看法了，你看你现在，都不是你自己了。

有时候，你想证明给一万个人看，到后来，你发现只得到一个明白你的人，那就够了。

我们活在这个偌大的世界已经十分疲惫了，请把有限的时间花在那些值得的人身上。

满足不了所有人，那就先满足自己。

你想做什么，你想怎么做，请记住自己的初心，去做就好了。

至少这样，内心是丰盈且愉悦的。这种满足感，是外界很难给的。

讨人喜欢的样子，千篇一律。最真实的姿态，独一无二。

 我们来自偶然，生命是最宝贵的礼物

一个人如何看待自己，决定了这个人的命运，同时也指向了这个人的归宿。

若你心中对自己全是否定，那么不管做出多少成绩，你也无法真正因自己而感到骄傲；若你心中对自己全是厌憎，那么不管做了多少好事，你也无法真正为自己而心生欢喜。

相反的，若你喜欢自己，能够坦然接纳自己，那么不管你多么平凡，拥有多少缺点或不完美，你也终究能从心底为自己的活着而感到庆幸。

你的世界永远是属于你的，也只是属于你的，与其他任何人都无关。那个世界究竟是阳光明媚还是阴云密布，究竟是鸟语花香还是电闪雷鸣，一切皆看你自己的内心罢了。

01

《庄子》中有这样一个故事：

一天，子祀去探望生病的好友子舆，没想到两人一见面，子舆竟然在子祀面前坦然地调侃起了自己。他说："你瞧，造物主可真有趣，竟将我变成了一个驼背！而且这背上还生了5个疮口，面颊也因伛偻而低伏到肚脐，两肩隆起，高过头顶，脖颈骨则朝天突起。"

其实，这怪模样并非子舆天生的样子，他是因为感染了阴阳不调的邪气，才变成现在这副模样的。

但是，他却似乎并未因此而消沉，反而气定神闲地踱步到了井边，低下头一边瞧着井里自己的样子，一边带着戏谑的口吻调侃道："怎么？造物主如今又将我变成了这番搞笑的模样吗？"

瞧着子舆神色轻松的样子，子祀忍不住问道："你是否因这种病而感到极其痛苦和厌烦呢？"

子舆回答："并未如此，我为何要因它而痛苦厌烦呢？若是我的右臂变成了弹弓，那么我便用它去打斑鸠好了；若是我的左臂变成一只鸡，那么我便在夜里为人们报晓好了；若是我的尾椎骨变成车辆，那么我的精神将幻化成为一匹马，我便用它去遨游世界。总而言之，人应当学着安于时机而顺应变化，如此一来，哀乐便无法再侵扰人心，这就是我们说的'解脱'（悬解）。凡是那些不能自我解脱的人，一定是受到了外物的束缚；相反，那些能够自我解脱的人，自然不会受到外物的捆绑。比如我现在的模样，这是我无法改变的事实，既如此，我又为何不接纳它呢？"

子舆是有大智慧的人，他很清楚，有的东西虽然很残酷，却是人力所无法左右的，对此，我们唯有学会接受。病痛已经侵蚀了他的身体，但他却能掌控自己的灵魂。当他能够坦然接纳自己，接纳生命中一切苦难的馈赠时，还有什么可以伤害到他呢？

我们来自偶然，生命是最宝贵的礼物，既然已经拥有了这最宝贵的，又何须再去为其他的东西而悲伤失落？勇敢地生活，温柔地对待一切、接纳一切，不论是幸运或不幸，不论是得到或失去，都是你生命的一部分。

02

曾看到过这样一个故事：

一位农夫有两个水罐，其中一个上面有条裂缝，另一个则完好无损。

每天农夫都会带着水罐去小溪里装水，然后再把水运回家。完好的水罐没有缝隙，所以总能把水从远远的小溪满满地运到主人家，而不完好的水罐呢，只能一直从裂缝里漏水，每次到家以后，水只能剩下一半。于是，这只不完好的水罐开始自卑起来。

这天，农夫和往常一样，带着两个水罐到小溪边打水，那只有裂缝的自卑水罐突然沮丧地说道："主人啊，我真是没用，每次都只能运送半罐水回去，这令我很是惭愧！"

农夫听后很吃惊，说道："你每次回家时，难道没有看见经过的路旁那些盛开的鲜花吗？正是因为有了你的灌溉，它们才能盛放得那样美丽呀！虽然你只能运送半罐水回去，但另外的那半罐却并没有白费，正是因为有那半罐水的灌溉，我们才能欣赏到如此美丽的风景啊！"

有时候，你以为的残缺，其实已经在其他地方收获了更多、更美好的东西。就像这只水罐，裂缝是它生命中无可挽回的残缺，但这份残缺却能让道路两旁鲜花盛放，为这世界增添了一道美丽的风景线。

人其实也是如此，总会存在这样那样的缺陷，与其为无法改变的缺陷而悲伤难过，为什么不想办法凸显出它们的价值呢？我们并不完美，但这份不完美同样也能创造美好！

＼03

世界上没有任何东西是完美的，也没有任何人是完美的，再美好的事物也总会存在缺陷，再美好的人同样也总会存在缺点。

有的缺陷是可以弥补的，有的缺点也是可以修正的，但不管你怎么弥补，怎么修正，也总能再找出新的缺点与缺陷。因为世上永远不会存在绝对的完美，在你眼中美好的东西，于别人而言可能不屑一顾；而别人所欣赏的，却又可能是你所厌恶的。如此，又该以何人的标准来判定"完美"呢？

所以，与其浪费时间与生命去追逐虚幻的"完美"，倒不如试着接纳不完美的自己。当我们能够以一种坦然的态度来面对自己、了解自己时，或许就会发现，即使是那些别人眼中的缺陷和缺点，在某些地方，也存在着自己的价值。

生命是自然最美好的馈赠，每个人的生命都是宝贵的，独一无二的，是在偶然的碰撞中幸运地诞生的。所以，不论别人眼中的你是什么样子，你都无须妄自菲薄。这是你的生命，你的人生，独属于你，值得你去骄傲、去自豪。

 一定会有人喜欢你最真实的模样

人人都爱 PS，鼠标轻轻一点，小眼睛变成水汪汪的大眼睛，国字脸变成秀气的瓜子脸，蒜头鼻也能高高挺立，就连多余的赘肉都能瞬间就消失无踪。

可 PS 出的美人再漂亮又有什么用呢？扯开那层面纱，真正能进入你生活的人，看到的始终还是眼前这个真实的你。越是沉迷于 PS，你就越是容易迷失真实的自己，也就是难以改变真实的自己。

你想让别人喜欢你，那么你就得先喜欢真实的自己，勇敢地在别人面前展现真实的自己，否则，别人都不认识你，又何谈喜欢你呢？

＼01

布朗太太从小就是个胖女孩，身材胖，脸蛋看上去更胖。在这个以瘦为美的时代，就连布朗太太的母亲都不认为自己的女儿是个美人儿，她总是对布朗太太说："你长得并不好看，所以根本没有打扮的必要，而且你这么胖，还是穿宽松的衣服好，那些修身的衣服会被你撑破的！"

母亲的话对布朗太太影响很深，一直以来，她逛街买衣服的时候都会想到这句话，然后便悻悻地放下自己喜欢的漂亮衣服，买下另一件便宜又宽大的。因此，长得"不好看"，也从来不会打扮自己的布朗太太一直很自卑，她很少参加宴会，也不喜欢和其他孩子一块玩，尤其是那些漂亮的孩子，毕竟只有漂亮的孩子才会受欢迎不是吗？

结婚之后，布朗太太依旧还是个自卑内向的胖姑娘。她的丈夫和婆婆都是非常好的人，开朗又自信，是那种布朗太太一直很羡慕，也很希望成为的人。事实上，布朗太太也曾努力过，试着融入集体，和人们谈话说笑，可每一次，事情都只会变得更糟。她实在太容易紧张了，一紧张说话就结巴，然后就更加紧张……结果，现在哪怕听到门铃声，布朗太太都会感到非常害怕。

布朗太太感觉自己的人生一片灰暗，就在她陷入绝望之际，婆婆的一句话却拯救了她。

那是一个下午，婆婆和布朗太太在家喝下午茶，聊天时提及关于孩子的教育问题，婆婆说道："无论如何，我都希望孩子们能保持自己的本色，而我也是一直这样教导他们的。"

"保持本色"——这个四个字让布朗太太一怔，豁然开朗。她所有的自卑、紧张与痛苦，不就在于她根本不懂得"保持本色"吗？因为总想变成别人的样子，总想隐藏真实的自己，所以才越来越疲惫，越来越糟糕。

从那之后，布朗太太就仿佛变了个人似的，她不再隐藏自己的缺点，并开始看时尚杂志，研究色彩与服饰的搭配，挑选真正适合自己的漂亮衣服来穿衣打扮。她还参加了几个一直感兴趣的社团，认识了不少新朋友。虽然和别人说话的时候她还是会紧张，但她已经不会再像从前那样，去在乎自己说话的声音好不好听，说话的内容有没有问题了。

现在，布朗太太比从前可开朗多了！

人啊，最完美的样子就是最真实的样子，无论何时，活出自我，才是最理想的生活状态。

02

世上从来没有十全十美的东西，自然也不会有十全十美的人。有人喜欢长头发，却也有人欣赏短头发；有人喜欢大眼睛，却也有人偏爱小眼睛。与其过分在乎别人的目光，倒不如学会欣赏自己的独特。保持本色，越真实才越不凡。

她是个出身平凡的女孩，长得也不算出众，却有一个明星梦。用当时的审美眼光来看，她最大的缺陷就是长了一张大嘴和一口龅牙，这可实在是不好看。第一次登台演出的时候，她一直担心别人注意到她的龅牙，因此在整个表演过程中，她都小心翼翼地试图掩饰自己的龅牙，动作和表情都滑稽极了。

表演结束后，一位观众拦住了她，这位观众对她说道："我非常欣赏你的歌唱才华，也很清楚你一直想要掩饰的东西。你担心你的龅牙会被大家嘲笑对吗？"

这位观众的话让女孩尴尬不已，根本不知该怎么回答。这位观众又接着说道："其实这有什么关系呢？它让你与众不同不是吗？让人们轻易就能将你与别人区分开来，这难道不算一件好事吗？所以，千万别因此而自卑，希望下一次你再站在舞台的时候，能放下一切，尽情展现自己的才华。或许，你想极力隐藏的龅牙还能为你带来好运气呢！"

听了这席话，女孩深受震动，并再也不会因自己的龅牙而感到自卑了。之后，在每一次登台表演的时候，她都会尽情地张开嘴巴，纵情歌唱，不再想着掩饰自己的缺陷。如今，她已经成了享誉电影和广播界的大明星，那亲切的龅牙也成了她独特的标志。她的名字叫作——凯西·桃莉。

龅牙真的为凯西·桃莉带来好运气了吗？这当然是开玩笑的。真正让凯西·桃莉散发光彩的，是她对自己的肯定与自信。当她不再因龅牙的存在而自卑，当她学会欣赏自己的独特与美丽，敢于在众人面前展现真实的自我时，她整个人便都是光彩夺目的！

这个世界上的每一个人都有各自不同的特点，谁都没有必要为了迎合他人的期待而放弃做自己。也许你眼睛不够大，也许你身材很差，也许你牙齿不够好看，也许你皮肤不够白嫩……但你总有属于自己的光彩，或许是思想与智慧，或许是温柔和善良，这些都是属于你的珍贵宝藏。

所以，学会爱自己、欣赏自己吧，我们只有先学会尊重并认可自己，才有可能在往后的日子里成就自己，体现出自身的价值。

03

无论你是什么样子，请相信，总有人会喜欢你最真实的模样。但如果连你自己都厌弃了自己，不敢把真实的自我展露在别人面前，甚至不给别人真正认识你的机会，那么又如何能获得别人的认可与喜欢呢？

曾有一位从贫困中走出的女孩，当她凭借自己的努力获得惊人的成就时，有人向她讨问成功的秘诀，当时她只说了这样一句话："别去羡慕别人，守住自己的沉香。"

每个人都有自己的魅力，自己的精彩，与其总是追求别人的完美，倒不如静下心来，一点点打磨、雕琢自己，让自己成为那个发光发亮的人！

 ## 平凡的世界，平凡的我，平凡没有错

中岛敦在《山月记》中写道：我不敢下苦功琢磨自己，怕终于知道自己并非珠玉；然而心中又存着一丝希冀，便又不肯甘心与瓦砾为伍。

我们皆是如此，希望自己是与众不同的，能够书写传奇，能够创造奇迹。然而，不可否认的是，在这个世界上，最多的东西偏偏就是平凡。我们并没有那么特别，我们与大多数人一样，而这其实并没有什么错。

接受自己的平凡其实并没有想象中那么难，周国平曾说过："人世间的一切不平凡，最后都要回归平凡，都要用平凡的生活来衡量其价值。伟大、精彩、成功都不算什么，只有把平凡生活真正过好，人生才是圆满。"

就算是曾经高唱着"生如夏花般绚烂"的朴树，不也唱过"平凡才是唯一的答案"吗？平凡其实并没有你所以为的那样不堪，即使是最平凡的人，也拥有着世间最独一无二的绚丽多彩。

就像路遥在《平凡的世界》中说的："每个人的生活同样也是一个世界。即使最平凡的人，也得要为他那个世界的存在而战斗。"

01

在夏洛蒂·勃朗特的著作《简·爱》中，有一段非常经典的台词，那是简对她所爱恋的罗切斯特说的一段话：

"你以为我贫穷、低微、相貌平平、矮小，我就没有灵魂，也没有心吗？不！你想错了！我的灵魂和你一样，我的心也与你没有什么不同。如果上帝赋予了我财富和美貌，那么我一定会让你难以离开我，就如同我现在难以离开你一般。虽然上帝没有这么做，但我们的精神却始终是平等的，就好像灵魂穿过坟墓，站在上帝面前一样，我们彼此平等。"

简是平凡的孤女，没有漂亮的面容，没有高挑的身材，也没有令人羡慕的财富。而罗切斯特先生却是个"高富帅"，拥有令人艳羡的一切。在别人眼中，他们无论从哪一方面来说都是极不般配的，一个如同优雅的天鹅，一个却是深陷泥潭的青蛙。

可即使如此，平凡的简在面对罗切斯特的时候也从未因此而自惭形秽，正如同她所说的，虽然她不曾拥有美貌与财富，但她的灵魂却并不比任何一个人卑微。正是这份自信与坦然，深深打动了罗切斯特，让简赢得了罗切斯特的爱情与尊重。

平凡从来都不是错，我们或许不聪明，或许不曾拥有任何过人的天赋与才华，但即使如此，我们也不比其他任何一个人卑微。

当我们能够坦然接受自己的平凡时，我们才能真正认识到自己的价值，也才能真正赢得他人的友谊与尊重。

02

他是个很优秀的人，出身于一个偏远小县城的普通家庭，父亲是工人，母亲开了一家杂货铺。虽然父母教育程度都不高，但对他的学习却十分重视，但凡是和学习有关的事，几乎都鼎力支持。而他也不负众望，从小就是备受老师重视的尖子生，并最终以全县第一的分数考上了上海一所著名的高校。

一直以来，他都是全家人的骄傲，而他也从未怀疑过自己的优秀。但进入大学之后，他却猛然发现，在人才济济的高校，他根本没有任何突出的地方，实在平凡极了。

要说见识，来自偏远小县城的他，到过最远的地方就是上海，当同学们谈论着埃及的金字塔和英国的阴雨天气时，他连句话都插不上。就连他最引以为傲的成绩，也在进入大学之后屡屡遭受打击。

作为一名学霸，学习对于他来说并不是件困难的事，但他却有一个死穴——英语口语。高中时期，他学习英语就两个字：背诵。勤奋刻苦加上不笨的头脑，让他在高考时获得了非常喜人的分数，但不管分数多高，他所学到的却依然是"哑巴英语"，只会做题却张不了口。

那些在大城市生活的孩子却不同，他们要么上的就是外国语学校，要么学校就聘用外教，所以从小就有机会用英语和外国人交流，早早就培养了不错的英语语感和思维，这是他根本比不上的。

种种打击让他对未来产生了深深的迷茫，强烈的挫败感让他陷入了自我否定，原本规划好的未来一夕之间被全盘否定。内心的迷茫与动摇让他的成绩一落千丈，好不容易进入学生会之后的工作也处理得一团糟。

导师发现了他的异样，在一番长谈之后，他终于敞开心扉，将内心的挫败和失望告知导师，导师却只是微微一笑，对他说道："你本来就是一个普通人啊，早点儿意识到这一点，对你的未来也是好的。"

听了这话，他却并非感到松快，反而一副大受打击的样子，似乎很难接受这个答案。一直以来，他都自诩是天之骄子，他以为自己应当是与众不同的，可现在，他的导师却告诉他，他只是一个"普通人"。

经过数天的思索，他躁动的心渐渐平复下来，在接受"普通人"这个身份之后，他发现，那些曾让他备受打击的事情，似乎也并没有想象中那样难以接受。他重新整理了心情，开始踏踏实实地继续学习，并最终以优异的成绩顺利被一家著名的外企聘用。

03

每个人都会经历两次成熟，一次是发现自己的优势和长处，从而确立自己在社会上的安身立命之本；一次则是发现并接受自己的平凡，从而更客观、更深刻地认识自己，学会用坦然的心态来面对世间百态。

发现自己的优势和长处并不困难，但认识并坦然接受自己的平凡，却不是一件容易的事，它需要莫大的勇气和足够的智慧。没有勇气的人，宁愿躲在虚假的象牙塔里，也不敢直面残酷的现实；而缺乏智慧的人则往往容易陷入妄自尊大的自我满足，却连自己究竟是什么样子都认不清楚。

现如今，许多年轻人都流行用一种说法来激励自己："要么出众，要么出局。"这句话听上去确实令人热血沸腾，但细细品来却不免有些偏颇。我们大多数人其实都很平凡，拥有普普通通的长相，普普通通的能力，普普通通的出身。而平凡并不是一种错误，也不应成为我们妄自菲薄的理由。

我们不够出众，我们不是天才，但也并不意味着我们就毫无用处。事实上，只要足够努力，哪怕做不到青史留名，至少也能发挥自己的价值，为自己的人生做出一番成就。

接受自己的平凡，在平凡的世界努力实现自己的人生价值，如此，便不曾愧对生命，也不会愧对自己。而即使平凡如你我，也终将寻找到自己的精彩。

世界是你自己的，与他人无关

人生这条路，注定是起起落落，有幸运平顺，自然也有倒霉坎坷。然而，无论是幸运还是倒霉，是平顺还是坎坷，那都是你自己的人生之路，与他人是毫无关系的，别人没有义务来承担你的痛苦，也没有权利去分享你的幸运。

你的世界，只是你自己的。可惜，总有一些人不明白这个道理，一旦身处逆境，便开始自怜自艾，觉得自己是多么的可怜与不幸，甚至把自己的坏情绪和坏运气都发泄到周围的人身上。更有甚者，但凡是看到别人比自己过得好，便会滋生嫉妒甚至仇恨的情绪，折磨自己，也伤害别人。

其实，人这一生，幸福满足与否，还是在于自己的心。拥有一颗幸福快乐的心，自然就能让生活过得幸福而满足；相反，如果心中总是充满着攀比与嫉妒，那么不管得到多少，也都是不会满足的。

正如富兰克林所说："幸福不在万物之中，而是存在于看待万物的自身心态里。如果你接受幸福的态度不正确，那么即使置身于幸福里，你也只会让幸福离你越来越远。"

01

村庄里发了大水，把过河的独木桥都给淹了，有人好心用绳索悬了一座"桥"，让人们可以过河。

这天，岸边来了四个人要渡河，其中有两人是健康的，另外两人一个是盲人，一个是聋哑人。

先过河的是聋哑人，他小心翼翼地走上了桥，一步一步顺着绳索，安全地抵达了河对面。

然后，其中一个健康的人拉着盲人接着走上了桥，也一步步慢慢地抵达了河对面。

最后上桥的是另一个健康的人，他耳聪目明，也没有需要照顾的"累赘"，但令人惊讶的是，他在过桥时竟意外坠下了河，被湍急的洪水给卷走了。

人们都觉得很不可思议，为什么明明看似应该最轻松的人，却偏偏坠下了河呢？

聋哑人比画着手势"说"："我耳朵不好，听不到河水汹涌的声音，正因为如此，所以我的恐惧会少很多，只要确保脚下的路不走偏，我就能安全抵达河对岸。"

盲人说："我眼睛不好，什么都看不见，只能一心一意跟随好心大哥的指引，保证让自己不走错路，这样就能顺利抵达河对岸。"

拉着盲人一起过河的健康的人说："我拉着盲人一块过河，除了要看准脚下的路之外，还得时时提醒身后的人，所以我根本没有时间和精力再去注意湍急的洪水或摇晃的绳桥，不知不觉就已经到达河对岸了。"

这条看似危险的绳桥就好像人生之路一样，充满了各种不可预料的危险与坎坷，不管是聋哑人、盲人还是引导盲人过河的那位健康的人，他们都因为各种各样的原因，专注着自己脚下的路，未曾去注意那些可怕的危险与挫折。也正因为如此，他们才能一往无前，顺利抵达河对岸。

而那个落水的人呢，却恰恰因为没有需要注意的东西，而放大了眼前的危险，让恐惧和疑虑充斥心头，最终跌落下了这道原本完全可以轻松通过的绳桥。

可见，如果一个人能够时时都怀抱着勇敢和美好的积极心态，那么即使身处逆境也能轻松逾越；如果一个人总是怀抱着消极、灰暗的心态，那么即使是平顺的坦途，也会变得阴云密布。一切皆是随心而已。

02

但丁曾说过："走自己的路，让别人去说吧！"

可偏偏，许多人都不懂得这个道理，总希望能事事都做得让别人欢喜，总希望人人都喜欢自己，人生的大多数烦恼，实际上都由此而起。

有一位画家，他想创作一幅完美的画，让每个人都能喜欢。于是，在呕心沥血地创作之后，他把自己的作品拿到了市场上展出，并在旁边放下一支笔，立了一块牌子，上头写着：任何一位观赏者都可以圈出认为不好的地方。

晚上，画家从市场拿回自己的画之后，发现画上满满都是记号，几乎每一笔都被人给圈出来了，这让画家感到十分沮丧，甚至怀疑起自己的才华。

画家的妻子知道之后给他出了个主意，让他换种方式，重新再拿一幅画去试一试，只不过这一次牌子上写的是：请各位观赏者在画上圈出自己认为最妙的地方。

结果，晚上画家拿回画之后，惊喜地发现，画上仍旧满满都是记号，几乎每一笔都被人给圈了出来，几乎每一笔都有人认为是最妙的。

这时候，画家终于明白了，人这一生啊，要是做什么事都希望能让每一个人满意，那么他最终只能什么事都做不成。因为这世上，没有任何事是可以让所有人都感到满意的，在一部分人眼中美好的东西，在另一部分人眼中或许就是丑恶。如果总是一味听信于人，那么我们便容易迷失自己，左右摇摆，最终什么决定都做不了。

一个人的人生，如果连自我都失去，那么即使能让许许多多的人满意，又有什么意义呢？请记住，世界是你自己的，与他人无关。

03

人生中许多的痛苦与烦扰都来自于对自己心灵的桎梏，因为总是在乎他人的眼光，总是在意他人的意见，所以我们总在不知不觉中就为自己的心灵套上了枷锁，为自己画地为牢。然而有时候想一想，别人怎么看真的那么重要吗？别人的意见和想法，真的比我们自己的感受更加重要吗？

当你为了别人眼里的成功，强迫自己去从事一份时髦但自己却不喜欢的工作；

当你为了别人的一句赞美，说着言不由衷的话语，做着身不由己的事情；

当你为了世俗观念里的幸福，过着住别墅、开名车，却连欢声笑语都不曾拥有的生活……

你真的快乐吗？你的人生真的有意义吗？在你的世界里，你究竟又把自己置于何地呢？

人这一生，什么都可以丢，唯独不能丢掉自己。请记住，在你的人生里，你才是唯一的主角，在你的世界里，你才是真正的主宰。你的世界，是为了你自己而创造的，你的幸福，也是唯有你自己才能真正掌握的！

爱自己是第一位，没人需要你那么伟大

张爱玲说："女人在爱情中生出卑微之心，一直低，低到尘土里，然后，从尘土里开出花来。"

爱情让人心生卑微。当你爱上一个人的时候，你眼中的他便是世间最好、最完美的人，他的一切于你而言都是荣光，他是天，是地，是你世界的神。而你，因为爱，甘愿成为一朵最渺小的花，最低矮的草，甘愿仰头，用满心的欢喜去注视他，祈求他的爱。

　　然而，卑微却不等于卑贱，卑微让人甘于奉献，卑贱却会让人失去尊严，失去自我。许多人却都不明白这一点，总是以爱为名，把自己活得那样卑贱。可如果连你都不懂得爱自己、尊重自己，别人又如何来爱你、尊重你呢？

＼ 01

　　老鼠爱上了蝙蝠，当它终于鼓起勇气向蝙蝠表达爱意时，却遭到了蝙蝠的拒绝。

　　老鼠很伤心，它问蝙蝠："为什么不肯给我一次机会呢？为什么不愿意接受我的真心呢？"

　　蝙蝠冷淡地回答道："我们并非同类，在一起是无法幸福的。我渴望与爱人一同飞翔，但你可以吗？"

　　老鼠不甘心地说："我们可以一同生活在陆地上！"

　　蝙蝠摇摇头："不，我并不爱你，更不可能为你放弃飞翔。"

　　老鼠握紧了拳头，坚定地说道："在爱情中，总是要有一方愿意妥协，做出牺牲的。既然我爱上了你，那么我愿意为你妥协，为你做出改变！我要学会飞翔，这样就能和你在一起了！"

　　蝙蝠无奈地说道："别开玩笑了，你连翅膀都没有，怎么可能学会飞翔呢？还是放弃吧。"

此时的老鼠早已经被爱情冲昏了头脑，哪里还能听进别人的劝告，它大声说道："爱情的力量是无穷的，它会成为我的翅膀，让我学会飞翔！看着吧，我现在就飞给你看，你一定会被我感动的！"

说着，老鼠从地上拿起了两片最大的树叶，拼尽力气挥舞着，冲向了悬崖……

树叶始终只是树叶，永远也成为不了翅膀。当老鼠的身影消失在悬崖边上时，蝙蝠无奈地撇撇嘴，转身离开了。

老鼠用生命的代价感动了自己，却始终未能够获得蝙蝠的爱情。从一开始，老鼠就不是蝙蝠想要的真命天子，可老鼠却始终不明白，以为只要抛弃一切，付出一切，卑贱地匍匐在爱人脚下，就能获得些许的眷顾。殊不知，你的付出只是感动了自己而已，于对方而言，你的卑贱只会让自己更加轻如尘埃。

02

相恋99天，男孩终于还是向女孩提出了分手。

男孩的决定让女孩如遭雷击，她死死抓住男孩的手，悲痛欲绝地哭喊着："求求你，不要离开我，我是这样爱你，为了你，我愿意放弃一起，付出一切。你不喜欢我的朋友，我可以再也不和他们来往；你讨厌我的家人，我可以少回几次家；你接受不了我的工作，我可以立刻就去辞职；你不喜欢我的缺点，只要你列出来，我一定全部都改掉……只要你不离开我，我愿意为了你放弃一切，付出一切，只要能和你在一起……"

男孩坚决地扯开了女孩的手，无奈地叹息道："就是因为这样，我才要和你分手。你让我感觉压力很大，和你在一起真的太累了，你这样拼命，我却根本无法给你同等的回应，这样实在太辛苦了。"

爱不是一个人的事，世界上最完美的爱情无非就是你爱我，我也恰好爱你。

两个人的爱情就好像是一座天平，平衡才是最完美的状态。如果一方为了爱牺牲自我、放弃自我，那么带给对方的，恐怕只会是无穷无尽的压力与恐惧，因为对方可能根本无法给予你同等的回应。当爱的天平失去平衡的时候，两个人之间的关系恐怕也就只能土崩瓦解了。

爱情是伟大的，为了爱，我们可以放下骄傲，在卑微的尘埃里努力生长，开出最灿烂的花；爱情却也是渺小的，即使是为了爱，我们也有不可触及的底线，也有不可放弃的东西。你可以为了爱低下骄傲的头，让自己站在卑微的尘土中；但你永远不能为了爱抛弃自己的尊严，让自己变成卑贱的奴隶。

03

在这个世界上，无论面对的是谁，我们都应该记住，爱自己永远是第一位，没有人需要你那么伟大。

不管你面对的是亲人、爱人还是朋友，都不能失去最后的底线。当你让自己变得卑贱时，你的爱和付出还能值几个钱呢？

真正的爱，不是用尽全力、不顾后果的冲动，而是在漫长的岁月长河里，一点一滴的细微与润泽。而那些真正爱你，也真正值得你去爱的人，所爱的，也正是你最真实的样子。如果一个人，连最真实的你都无法接受，那么你的付出和自以为是的伟大，在对方眼中，又会有什么价值呢？

人活一世，首先要学会爱自己，接受自己，这样才能有爱人的资格，也才能真正学会什么是爱。在乎你的人从来不会喜欢看你卑贱的样子，而那些不在乎你的人，又怎会在意你究竟是个什么样子呢？

自尊是爱的基石，自爱是获得爱的前提。所以，别以爱的名义让自己成为卑贱的奴隶，你那自以为是的伟大，除了感动浑浑噩噩的自己之外，不会换来任何人的些许动容。

若懂得，月圆月缺，皆为风景

季羡林先生说："在这一条十分漫长的路上，我走过阳关大道，也走过独木小桥。路旁有深山大泽，也有平坡宜人；有杏花春雨，也有塞北秋风；有山重水复，也有柳暗花明；有迷途知返，也有绝处逢生。"

这就是人生啊，既有平顺坦途，也得走坎坷山路，蓦然回首，若是懂得，无论月圆月缺，皆为人生道路上的美丽风景。

世上从来不曾存在完美，而不完美并不等于残缺，它是另一种意义上的收获。如果总是过分追求完美，不能以平常心来善待人生的缺憾，那么只会将自己推入无穷苦痛的深渊。

苏东坡希望达成这样一种完美：鲈鱼无骨海棠香。然而现实却是：鲈鱼多刺，海棠无香。但若是懂得品味，便能从多刺的鲈鱼尝到鲜美的味道，从无香的海棠见到艳丽的绽放。

＼01

不曾见过月的残缺，又怎会懂得欣赏月的完满；不曾品过人生的苦楚，又怎会懂得珍惜幸福的甜蜜。人生五味，酸甜苦辣咸，不管缺了哪一味，都不是完整的人生。唯有懂得欣赏缺憾，才能寻找到永久的快乐。

　　博比·琼斯是世界顶尖的高尔夫球手，也是唯一一个赢得了高尔夫"年度大满贯"的人，包括美国公开赛、美国业余赛、英国公开赛以及英国业余赛。因此，人们赞誉博比·琼斯是美国高尔夫球历史上最优秀的业余选手。

　　在早期的高尔夫球员生涯中，博比·琼斯是个特别追求完美的人，每一次挥杆都要求自己必须做到完美无缺，一旦出现失误或漏洞，他就会愤怒地破口大骂，甚至把球杆砸断，愤而离场。他这有名的臭脾气让许多球员对他都敬而远之，不愿和他一起打球，因此在很长一段时间里，他的球技都停滞不前，没有多少提高。

　　渐渐地，博比·琼斯意识到了自己存在的问题，并领悟了这样一个道理：一旦挥杆结束，无论这一杆完成的好与不好，它都已经结束了，你应该做的，是尽力去打好下一杆，而不是耿耿于怀那些已经无法挽回的东西。

　　之后，博比·琼斯调节了自己的心态，不再强迫自己去追求完美的挥杆，也正是从这个时候开始，博比·琼斯才开始赢球。

　　回忆起以往的这些事情，博比·琼斯说道："我终于明白了，想要取胜，就要对每一杆都有合理的期望，力求表现良好、稳定，而不是寄望于所谓的完美。"

　　越是过分追求完美的人，往往越是难以成功。因为追求完美的人总是会将目标定得过高，却从不考虑自身的实际情况，导致自己总与失败为伍，把自己打击得心灰意冷。

从某种意义上来说，人生不正因为有着不完美，所以才会产生追求和奋斗的目标，从而让自己不断提升，不断进步吗？倘若真能事事完美，那么人活一世，还有什么可追求的呢？若真是如此，那恐怕才是人世间最可怜的事情吧！

02

失去双臂的维纳斯给人留下了美的想象空间；英年早逝的戴安娜把人生定格在了永久的青春与貌美；倾斜的比萨斜塔却成了意大利最著名的标志性建筑……瞧，缺憾也是一种风景，只要你不总将注意力放在那些已经缺失的东西上，你便能发现缺憾背后的完美。

魔术逃生大师胡汀尼最厉害的绝技就是，能够在极短的时间内解开结构极为复杂的锁。他曾扬言："给我不超过 60 分钟的时间，我可以打开世界上任何一把锁。"

小镇上的人们在听闻胡汀尼的话后，便筑造了一个牢固的铁笼子，并给笼子配备了一把超级厉害的大铁锁，然后要求胡汀尼来进行挑战。这锁看上去又大又沉，真是复杂极了，但胡汀尼并未退缩，他自信满满地走进笼子，接受了这个挑战。

时间一分一秒地过去了，三十分钟、四十分钟、五十分钟……胡汀尼已经急得满头大汗，却始终没有听到那美妙的预示着开锁的"啪"的一声。

一个小时的时间结束了，胡汀尼颓然地靠在铁笼子上，身心疲惫，他居然失败了。看着眼前这把打败自己的巨大铁锁，胡汀尼突然愤恨地锤了它一下，令人惊异的是，笼子的门居然"吱"的一声开了！原来这铁门根本就没有上锁！那个所谓的超级铁锁不过只是个骗人的玩意儿罢了，既然没有锁，那自然是无从"打开"的了。

这件事让胡汀尼感触甚深，他不止一次地想过，如果自己不是执着于那完美的"60分钟开锁"，是不是就不会一门心思只想着要"打开"那把锁，却忽略了最重要的细节呢？真正把胡汀尼"锁"住的，其实正是他心中那道名为"圆满"的锁啊！

人生在世，每一段旅程都有其独特的风景，值得我们细细品味，慢慢欣赏。如果总是在意着结局的"完美"，反而容易被其所累，忽略了沿途那些真正重要的美景。人生注定与缺陷为伍，任何人都不可能拥有绝对的完美，但只要摆正心态，你便可以在缺憾中领略属于自己的完美。

03

美人之美在于千姿百态，各有风情。如海棠般颜色艳丽是美，如荷莲般清丽脱俗是美，如玫瑰般风情万种同样还是美。可如果人人都长一个样，"完美"锥子脸、大眼睛、黄金比例，那么还有什么美丑可言呢？就如那春日的花园，最美不过百花齐放的争奇斗妍。

有一位长相不俗的女士，脸上却长了一块显眼的胎记。一次，她去照相馆照相，看到照片成品时却发现，摄影师居然把她脸上的那块胎记给抹掉了。女士很生气，质问摄影师为什么要这么做。摄影师赶忙解释，说把胎记修掉之后明显会更美。可女士却愤怒地说道："不管美丽与否，那确实是长在我脸上的东西。你把它弄掉了，照片上的人再好看，便都已经不是我了，那我还要这些照片做什么呢？"

月圆固然美，月缺又何尝不是一种别样的风景？人生最美在于彰显自我，保持本色，有时，缺憾反而会成为最独特的风姿。

 幸福，是藏在心间的颤动

幸福是人们永恒探讨的主题。

有人说生活富足便是幸福，但郁郁寡欢的富翁却并不少见；

有人说身体健康便是幸福，但健步如飞的人们却也会愁眉苦脸；

有人说家庭和美便是幸福，但人前欢笑的人也总有人后抹泪的时候……

可见，幸福这事啊，和你拥有多少其实没有太大关系，就如林清玄所说的："心美一切皆美，情深万象皆深。"

幸福，是藏在心间的颤动。拥有一颗幸福的心，哪怕粗茶淡饭，风餐露宿，都能品出甜蜜的滋味儿。

生活就好像一杯白开水，清澈透明，无色无味。你往里头加入什么调料，它便会让你喝出什么味道；你往里头倒进什么颜色，它便会给你呈现什么样子。幸福或苦恼，实际上都是你自己为生活添加的东西。

心灵若是美好的，那么眼中所见便皆是美丽；灵魂若是剔透的，那么世间万物便皆为纯粹。

01

常常有人感叹，自己命运多舛，生不逢时。穷苦的叹息自己没有钱，以为有了钱便能幸福快乐；有钱的叹息自己缺少爱，觉得有了爱便能从此无忧无虑；有爱的叹息自己时运不佳，总认为只要能有贵人扶持便可平步青云，成为人生赢家。

殊不知，快乐与幸福皆是一种心情，与你所拥有的多或少并没有太大关系。能够感知幸福的人，即使在逆境里也能让灵魂开出乐观的花；而那些对生活充满抱怨和不满的人，哪怕你给了他金山银山，他也总能给自己找到不幸的理由。

她是家中长女，十几岁就失去了母亲，从此便担负起"母亲"的责任，帮助父亲一起把三个弟弟妹妹拉扯长大，供他们上学读书。

后来，她成了村里的一名小学教师，和另一位教师喜结连理。婚后的生活依旧清苦，薪水微薄，除了维持生计之外，还得照顾多病的公婆。一路走来，她受的苦楚与委屈并不少，可对此，她却从未有过半句抱怨。相反，她的脸上总是带着明媚的笑容，从来不曾有人见过她愁眉不展的样子。

为了让家里人过得更好，她和村里的人商量，要了别人都看不上的荒地，自己开垦出一片农田。每天给学生们上完课之后，她就到农田里忙碌，种植出来的粮食和蔬菜，吃不了便拿去集市上卖。

她的生活就像是陀螺一般，几乎没有一刻是停下来的。就连旁人看着，都觉得替她苦，替她疲惫。但她似乎从不曾觉得自己苦自己累，她兢兢业业地做着每一件事，认真地给学生们上课，风雨无阻地倒腾她的小田地，温柔细心地照顾公婆和孩子。

后来，她通过了民办教师转正考试，被调往县里，做了一名正式的小学教师。

如今，她的日子过得比从前好多了，她呢，也依然和从前一样，每天都明媚地笑，努力地活。她总说，日子清苦些儿没什么，只要一家子人齐齐整整地在一块，那便是幸福。

幸福是源自于灵魂与心灵的美好，是根植于内心的悸动，是一种触手可及的快乐与满足。

＼02

她是个颇有名气的女明星，一路走来也遭遇过不少起起落落，有过风光无限的时候，也难免有过绯闻缠身的日子，但不管遭遇了什么，她都始是终淡然自若，优雅得体。

有人曾问过她，为什么能有这样好的心态，可以直面人生的一切不如意。她微笑着向众人讲述了一个故事：

年幼时候的我，每到圣诞节时，都不免要哭闹一番。那时候的我什么都不懂，不明白为什么我从圣诞老人那里得到的礼物总是少得可怜，而我周围的伙伴却能获得很多。那时，正赶上经济萧条的时候，家里的日子并不好过，但作为一个不谙世事的小女孩，我却什么都不懂，依然天真地以为，乖巧懂事的孩子就能得到圣诞老人的赠礼，而我一直都是个乖孩子。

我的父亲是个矿工，繁重的生活压力让他变得脾气暴躁，是个不好接近的人。所以每次，我其实都只敢在母亲面前哭闹。那时候为了安抚我，母亲是这样对我解释的，她说："你很乖，圣诞老人也知道。但我们的袜子上有个洞，所以你之所以没有收到那样多的礼物，是因为那些礼物都从这个破洞里漏掉了，这并不意味着你不是个好孩子！"

因为这样一个颇具童趣的解释，以至于在后来很长一段日子里，我最大的愿望都是能够得到一双没有破洞的新袜子，可惜，这个愿望一直没有实现。直到长大成人之后，我才终于明白，生活究竟是什么样子的。原来啊，真正有洞的不是袜子，而是生活。

每个人的生活都有一个破洞，很多我们渴求的东西，常常都会从这个破洞中漏掉。一开始，我也会因此而悲伤失望，但渐渐地，我意识到，除了从破洞中漏掉的东西之外，我们还拥有很多没有从破洞中漏掉的东西，而我们之所以会为那些漏掉的东西感到悲伤和难过，只是因为我们总容易把注意力放在上头罢了。但其实，仔细想一想，那些漏掉的东西真的就比我们所拥有的更好吗？

其实，那些我们所拥有的，才是真正值得我们珍惜并感恩的。生活这样美好，又何必把精力浪费在本就不曾拥有的东西上呢!"

03

人们总在拼命地寻找幸福,不惜踏遍千山万水,散尽万贯家财。殊不知,幸福其实一直就藏在我们心间,跟随在我们身后。

去马尔代夫享受椰林树影是幸福,到附近公园喝茶赏花同样也能幸福;

喝红酒吃牛排是幸福,一盘炒饭加瓶可乐同样也能幸福;

穿上昂贵时尚的华服是幸福,一件亲手织的毛衣同样也能幸福……

幸福其实从来都不复杂,它有时候简单得就像是黑夜里的炉火,酷夏中的冰水。幸福是一种能力,每个人其实都拥有着它,无论你贫穷还是富有,无论你健康还是疾病,只要点燃心中幸福的火焰,生命便会豁然开朗。

TOP 02

心的容量有限，
有时在乎太多，
对自己是一种折磨

　　在乎，是一种执着，我们之所以不能开心，往往是因为我们将太多不必要的事情放在了自己的心里。在乎的越多，痛苦就越多，而这就变成了一种对自己的折磨。想要活得开心，就不要放太多的东西在自己的心里。

重要的人越来越少，但留下的人越来越重要

有人说，成长就是不停地目送。

我们这一生会遇到许多人，有的人只是擦肩而过，甚至连姓名也不曾留下；有的人会陪同我们走上一段路程，但终有一日会离去，从此便形同陌路；也有的人会与我们携手一生，将命运的轨迹交缠在一起，再也分不开，离不掉。

在人生的旅途中，我们总会遇到新的人，却也难免要送走旧的人。身旁重要的人总是越来越少，但那些留下的人却也越来越重要。而心的容量总是有限的，不可能将所有人、所有事都装载进去。我们总要学会取舍，总要懂得放下，放下了那些已经离去的，才能腾出位置来珍惜那些一直陪伴左右的。

人非草木，孰能无情，但过分的长情又何尝不是一种残忍？伤了自己，更伤了身边真正重要的人。

已经离开的那些人，已经过去的那些事，可以是成长路上留下的别样风景，却不应成为横贯于未来道路上挥之不去的阴影。世界很大，但我们的心却很小，在乎得太多，有时

只会成为一种折磨。不如放开心胸，挥别过往，舍弃该舍弃的，方能留下该留下的。

01

唐思和宋词相识于初一五班的教室里，因为两人名字的奇妙契合而萌生出一种玄妙的亲近感，从而浇灌出了友谊之花。

唐思性格开朗，活泼跳脱，宋词却是内向安静，大方稳重，虽然性格截然不同，但却并不妨碍两个女孩之间迅速升温的闺蜜情。

初中三年，唐思和宋词都是同桌。升入高中之后，由于文理科分班，唐思选了理科，宋词则选了文科，两人被分到了不同的班级。但即使如此，每天下课之后，两人依旧会凑到走廊里说话，放学也一直都是一起回家的，因此，虽然去了不同的班级，但两人之间的友谊却始终没有降温，甚至就连高考报志愿的时候，两人都约定好了报同一个学校。

进入大学之后，活泼开朗的唐思很快交了一个男朋友，和她一直形影不离的宋词便成了一个闪亮的"大灯泡"。

一开始，宋词并没有觉得有什么不对，在她看来，闺蜜谈恋爱这件事和她们之间的友情是没有什么关系的。但渐渐地，随着唐思越来越多次拒绝她的邀约，宋词终于意识到，自己的闺蜜似乎要被所谓的"男朋友"抢走了。

为了维系这段来之不易的友谊，宋词开始想尽各种办法增加和唐思在一起的机会。她放弃了自己喜欢的文学社，和唐思一起加入了舞蹈社。因为两人在不同的专业，所以课程安排上有着很大的差异，为了尽可能缩小这种差异，宋词特意选了和唐思一样的选修课。后来，因为唐思突然迷上滑轮，为了抽出时间和她一块儿去练习滑轮，宋词甚至连学生会的工作都放弃了……

宋词的牺牲和迁就并没有挽留住这段岌岌可危的友情，反而给唐思造成了很大的压力。在一个偶然的情况下，宋词意外听到唐思向男友抱怨她的"痴缠"，那一刻，宋词才知道，原来这些日子自己的迁就和陪伴带给唐思的不是感动也并非欣喜，而是满满的厌恶和烦躁。

说不伤心是假的，毕竟是一段自己珍而重之的友谊。那天，宋词并没有走出去，也没有当面和唐思对质或争吵，只是自己一个人悄悄地离开了。

后来，宋词渐渐淡出了唐思的生活，重新回到了自己喜欢的文学社，重新投入学生会的工作，重新安排自己的时间与计划……

最终，这段曾无比深刻的闺蜜情还是在微妙的距离中逐渐淡去了，偶然回想起从前的形影不离，宋词心中依旧会涌起些许伤感，但更多的却是一种释然。

有些时候，有些人注定会离开你的生命，不管你多么不舍，也无法将对方挽留。既然如此，何不潇洒放手，自己轻松，别人也自在。若有一日，江湖再见，还可继续把酒言欢，笑谈一场风月，何不快哉！

02

人最执着的便是感情。但若执着成为一种执念，那便无异于是画地为牢，禁锢了自己，也阻碍了别人。

苏玲心中有一道名叫周城的"白月光"，牢牢照映在心头，挥之不去。周城是苏玲的初恋，两人曾在学生时代爱得轰轰烈烈。那时候，他们一起上下学，一起在网络游戏中携手江湖，一起穿行在大街小巷……那时候的他们或许还并未完全理解爱情的意义，但却把恋爱谈得甜甜蜜蜜又轰轰烈烈。

苏玲一直以为，她会和周城就这样一起牵手一辈子。可没想到，因为周城父亲的调职，他们一家搬离了本地，苏玲和周城就这样被迫分开了。那个年头，手机还不像如今这样普遍，大家还习惯用信件来维系彼此的联系。

刚分开的时候，苏玲和周城还曾约定，要一起努力考同一所大学，要永远在一起，不会背叛对方。可毕竟距离远了，学业也越来越忙，原本每个星期都能收到三五封的信开始变得越来越少，到后来直接便断了音讯。

在分别的数年中，苏玲一直记挂着周城，她无数次地想象两个人的重逢，想象周城会怎样激动地向她表达浓郁的爱恋与思念。

然而，现实却永远不会如想象般美好，苏玲与周城的重逢是在一次久违的同学会上，那时候，周城的身边站着一个陌生的女孩，两人十指相扣，亲密依偎。那一刻，苏玲突然感觉，自己过去数年的思念简直就是个天大的笑话。而最大的笑话是，在临别之际，她的初恋，她心中挥之不去的"白月光"周城竟亲手奉上了一张喜帖。

看着喜庆的烫金请帖，新郎的名字是周城，新娘的名字却并不是苏玲，苏玲心中突然涌上一股悲哀。原来自己珍而重之的感情，在对方眼中，早已经是云淡风轻。

世上哪有那么多的天长地久？许多时候，真正困住我们的并不是一段感情，而是我们心中因这段感情而生出的执念。

03

如果一朵花终归会枯萎，那么便将它的美丽留存在记忆之中，却无须为它而垂泪神伤。无论你的悲痛多么深刻，你的眼泪多么苦涩，该枯萎的花朵终究还是会枯萎。而在你为之而悲伤落泪之际，或许还会错过更多的花期。

在生命的旅程中，我们一直都在迎来送往。但心的容量终究是有限的，只能装下这么些人，这么些事，只有先将该送走的送走，才能腾出地方来迎接该到来的人到来。

那些已经离去的，不管曾在我们生命中留下过怎样深刻的痕迹，也终将会在时间的流逝中渐渐淡去。挥别昨日，我们才能更好地拥抱明天。学会舍弃，我们才能更好地珍惜当下，珍惜那些一直陪伴于身旁的人。

放下执念，摘"够得着"的苹果

人这一生中，总会有些志存高远或异想天开，随着时间的流逝和阅历的增添，有的人在认清现实后学会了放下，而有的人却把这些东西变成了执念，让自己备受煎熬。

其实，人生在世，能走的路很多，美丽的风景也从不缺少，没有必要浪费宝贵的时间，把所有的一切都压在一个没有希望的目标之上。玫瑰虽美，但若已经被刺扎得鲜血淋漓，倒不如学会放下，转过身，或许你会发现，身后便是一片花海。

人应当执着，唯有执着的人才能获得成功；但人更要懂得放下，唯有懂得放下的人才能活得通达。

01

一位白手起家的年轻企业家受邀前往某大学演讲，在演讲中，他讲述了自己少年时候的一段经历：

那是我上小学时候的事情，我们的老师是一位民办教师，工资不高，一个月就几十块钱。为了改善生活，他和师母在自由地里种了几十棵果树，从五月一直到十月，陆陆续续都有各种水果成熟。我们的师母身体不好，干不了太多活计，所以每到水果成熟的季节，我们都会去老师的果园里帮忙摘水果。

有一年秋天，苹果成熟的时候，我们和老师一起在果园里摘苹果。那时候，收苹果的小贩已经在果园等着了，为了让大家都更卖力一点儿，一位同学就提议，不如举办一个摘苹果竞赛，瞧瞧最后谁能摘到最多的苹果。

那时候都是争强好胜的年纪，大家都同意了。老师建议我们每个人先包一棵树去摘，别东摘一下，西摘一下的，还表示说，到时候赢的人就能得到两个最大的苹果，其他人则只能得到一个，摘得最少的人则要被惩罚，给大家说一个笑话。

对于我们来说，奖励还都是其次，最重要的还是输赢。比如像我，就特别想赢，好胜心很重。

我小的时候身材比较矮小，摘苹果就比其他同学还费劲些，像长在高处的苹果我就很难摘到。但我没气馁，虽然我长得不高，但我灵活呀！于是我'噌噌噌'地就爬上了树，去摘高处更密集地方的苹果，这样一来，我就比谁都摘得更快了。

摘得越多我就越是贪心，爬得也越高。突然这个时候，脚下'咔擦'一声，我就直接摔地上了。好在我很幸运，除了屁股有些疼之外，并没有受什么伤。老师和同学们都围了上来，纷纷问我有没有事情。我说："没关系，小事，我一会儿可以爬上更高的地方，争取得第一名！"

正当我说着又准备继续爬树时，老师却制止了我，他对大家说道："不要急着去摘长在高处的苹果，大家只要摘那些够得着的就行了。"

说完这段故事之后，这位企业家总结道："这些年里，每当我的理想快要破灭之际，我都会想到老师的那句话，去摘那些我们'够得着'的苹果，暂时放下那些远在高处的，这样，生活便不会令我们失望了。"

是啊，当理想远远超过我们的能力，成为遥不可及的存在时，与其在执念中煎熬，为什么不学会放下呢？放下无法

抓住的执念，也是放过我们自己，学会去摘取、去珍惜那些
"够得着"的苹果。

\ 02

德国柏林爱乐乐团素来就有"世界第一交响乐团"的美
称，可以说，成为爱乐乐团的首席指挥，是每个指挥家都梦
寐以求的事情。

1992 年的时候，英国著名指挥家西蒙·拉特尔突然接
到柏林爱乐乐团的邀约，请他前往爱乐乐团担任首席指挥。
但令人意外的是，拉特尔居然拒绝了这一邀约，这让大家都
惊讶不已，那可是人人都梦寐以求的机会啊，怎么还会有人
拒之门外呢？

对此，拉特尔却说道："柏林爱乐乐团是以古典音乐的
演奏而闻名于世的，但对这方面，我却了解甚浅。如果我
去爱乐乐团担任首席指挥，以我目前的能力来说，想要让
乐团更上一层楼是非常困难的，甚至可能还会起到一些消
极的作用。所以，即使我和大家一样，认为这个机会简直
好极了，但我还是选择了放弃，因为我是真的无力把握住
这个机会啊！"

虽然谢绝了这一邀约，但拉特尔却并没有松懈，反而更
加努力地去研习有关古典音乐方面的知识。2002 年的时候，

柏林爱乐乐团再一次向拉特尔发出邀请，希望他能答应担任乐团的首席总指挥。这一次，拉特尔接受了邀约，他明白，通过十余年的努力，他已经具备了担任首席总指挥的能力，因此，他自然不会再放弃这样好的机会。

果然，在拉特尔加盟之后，他带领着柏林爱乐乐团一起创造了无数的奇迹。

拉特尔最令人敬佩的地方就在于，他始终明白自己的能力有多少，并能克制住欲望，永远只去摘自己"够得着"的苹果。正因为拥有这样一种务实的态度，拉特尔才能创造这样的成功与奇迹。

很多时候，放下只是为了更好地得到。在我们自身能力不足的时候，即使死死抓住我们根本无法掌控的机会，也未必就能把事情做成功，倒不如暂时放下，给自己一些时间，让自己能够更好地"修炼"，直至真正有能力去掌控的时候，再去摘高处的"苹果"。

03

俗话说："塞翁失马，焉知非福。"

人这一生中，会遇到各种各样的机会，但这些机会未必全是我们有能力去抓住，去掌控的。正所谓"贪多嚼不烂"，什么都想要的人，最后往往可能什么都得不到。所以，想要有所收获，我们就要学会放下。

放下那些我们即使踮起脚也够不着的机会，放下那些我们哪怕头破血流也实现不了的执念，放下那些我们只能仰望却无法拥有的美好……

只有先学会放下，我们才有更多的时间与精力去摘取那些我们真正够得着的"苹果"，去收获那些我们真正有能力守护的果实。心的容量是有限的，放下一些，才能装下一些。放下执念，才能收获美好。

 万般纠结的爱情，或许注定不属于你

人世间最大的幸福莫过于能与爱人执手白头，共度荏苒岁月。而最好的爱情莫过于在合适的时候遇见合适的人，你看得上我，我心悦于你，你还未婚，我也未嫁，于是恰恰好两情相悦，携手一生，佳偶天成。

然而，并非人人都有这样的好运，能够在有生之年遇见这最好的爱情。很多时候，许多人的爱情都是在你追我赶的纠结中艰难行进的，运气好的终能守得云开见月明，运气差的便是蹉跎了岁月，却依旧孑然一身。

但无论运气好或不好，都不要将自己的一颗心浪费在执念上，更不要把光阴磋磨在妥协里。爱情固然美好，但若掺入万般纠结，还不如潇洒放手。那些注定不属于你的东西，强求也只会招来无数的烦恼罢了。

人这一生，定要学会放弃三种爱情：

放下"你爱他，他却不爱你"的爱情；

放下"他爱你，你却不爱他"的爱情；

放下"你们相爱，却不能在一起"的爱情。

01

爱情是两情相悦，而非一个人的独角戏。

网络上曾流传着一句极其霸气的爱情宣言："我爱你，与你无关。"感情是属于你自己的，爱也好，不爱也罢，确实与他人无关。但若想唱好爱情这出戏，你的爱又怎么可能真的与对方无关呢？

两情相悦，爱便是幸福；求而不得，爱便是苦痛。就像电影《西游记之女儿国》里的那位河神，苦苦痴恋国师二十年，并因这爱而不得的执念化身成魔，水淹女儿国，最终落得了凄惨的下场。这份爱令人唏嘘，却也让人烦扰，若能懂得放手，又怎会酿成如此一桩悲剧。

提起陆婉，许多人都会叹一句：痴情的姑娘！

陆婉确实痴情，从上学到毕业，从踏入社会到事业小有所成，十余年的时间里，她一直都痴恋着同一个男人，为了他无怨无悔地付出着自己的青春与骄傲。

陆婉痴恋的男人叫刘泽，是她的高中同学。在学校时，陆婉就是他的小尾巴，为他鞍前马后，洗衣打饭。高中毕业，陆婉又追着他考了同一所大学，继续陪伴左右，充当最贴心的保姆和最乖巧的红颜知己。

刘泽从未给过陆婉任何承诺，对于陆婉的感情，他向来是不接受也不拒绝。几乎所有人都知道，刘泽不过是把陆婉当作是感情空窗期的备胎而已。陆婉自己其实也很清楚，但她却始终抱着一股执念，觉得只要自己坚定不移，终有一天，在历尽千帆之后，最终与刘泽并肩的，终归会是自己。

然而，十余年的苦等和痴守并未让陆婉如愿以偿，她等到的，不过是一张刘泽和其他女人结婚的邀请函。

就在大家纷纷为陆婉的痴情哀叹不已时，却没想到，在刘泽结婚当天，那个一直乖顺温柔、招之即来挥之即去的陆婉，气势汹汹地冲进了婚礼现场，把一瓶硫酸泼向了刘泽英俊的面容……

我爱你，与你是大有关系的。因为没有谁是圣人，可以在痴恋中给予对方真挚的祝福。

爱情是美好的，但若这份爱情变成一种单方面的痴缠，那么终究有一日，它会扭曲成魔，让我们陷入万劫不复的深渊。

02

"爱我的人为我痴心不悔，我却为我爱的人甘心一生伤悲，在乎的人始终不对，谁对谁不必虚伪；爱我的人为我付出一切，我却为我爱的人流泪狂乱心碎，爱与被爱同样受罪，为什么不懂拒绝痴情的包围……"

很多人都曾问过这样一个问题：在爱情中，是选择爱你的人比较幸福，还是选择你爱的人比较幸福？

对于这个问题，大家的回答莫衷一是。选择前者的人认为，和爱你的人在一起，他对你总比你对他好，那自然便更容易幸福；选择后者的人则认为，和你爱的人在一起，你做什么都是心甘情愿的，这样才是幸福。

然而事实上，无论选择前者还是后者，恐怕我们都无法触摸到幸福的边缘。正如这首歌中所唱的，爱与被爱同样受罪，若是不能两情相悦，那么爱便只会成为一种折磨，让我们日夜煎熬。

在父母亲戚的催逼之下，年过三十的大龄剩女依琳草草订了婚。和朋友分享喜讯时，依琳脸上并不见多少笑容，仿佛这场婚姻就像吃饭喝水一样普通。

依琳的准新郎是竹马，两人已经认识二十多年了，竹马从小就喜欢依琳，但依琳对竹马却始终没有心动的感觉。

对于这场婚姻，依琳并没有什么不满，但也生不出什么期待，之所以答应，不过是觉得合适罢了。相似的背景，相差无几的学历，对彼此深刻的了解，这一切都昭示着，这场婚姻确实是极为合适的。因此，在父母亲戚的催逼下，在竹马热情的追求中，依琳抱着无所谓的态度点了头，敲定了自己的人生大事……

许多人似乎总习惯于把婚姻看作是爱情的终点，所以在对爱苦求不得的时候，便干脆结个婚，给"爱情"做个了结。可生活不是电视剧，电视剧可以在男女主角结婚入洞房时就圆满落幕，而生活在走入婚姻之后，却不过只是刚刚开始而已，之后我们需要面对的，将是无数个朝夕相伴的日夜。若无爱作为依托，我们又该如何去忍受漫长的磨合与长久的相处呢？

妥协一次，也许你就得妥协一生，用一辈子来给自己添堵。

03

午夜时分，一个女人打电话到电台分享了自己的故事。

五年前，她和前任男友迫于双方家庭的压力而选择了分手，之后他们各自成家，没有再联系。

在分别的这五年中，她时常会想起他，想起那段无疾而终的爱情，有时也会琢磨，如果当初顶住家庭的压力没有选择分手，那么如今又会是个什么样的光景。

虽然心中总有个隐秘的角落，但她和丈夫的婚姻生活其实也是非常幸福的。她从来不曾想过去做什么对不起丈夫的事，只是每每想起那段充满遗憾的爱情，都免不了心生波澜，难以放下。

半年前，一个偶然的机会下，她与前任男友重逢了。四年半空白的时光并未冲淡他们对彼此的记忆，反而将那些一直压制在心底深处的感情尽数激发了出来。他们依然深爱着彼此，意识到这一点之后，两人冲动地决定各自离婚，然后再在一起。

这事一闹就闹了近半年，前不久，他们终于如愿以偿地破镜重圆了。这本该是件值得高兴的事，但真的和好之后，她却发现一切似乎并不像她所想象的那样美好。

男友的性格与前夫截然不同，前夫是个成熟稳重的人，在婚姻生活中对她一直非常包容。而男友则带有几分孩子气，有时不免有些争强好胜。这让习惯了被包容的她总会不自觉地生出几分怨怼。更重要的是，双方家庭中反对的声音就从来不曾平息过，这些压力让他们简直寸步难行……

俗话说："相爱容易相处难。"一段理想的婚姻，除了需要以爱为依托之外，还得看彼此之间是否合适。在婚姻生活中，相处远远要比相爱更重要。所以，若你要恋爱，心悦彼此，便是最美的爱情；可若你要结婚，那么除去相爱的因素之外，两人是否适合在一起更是至关重要。

 ## 脱下"红舞鞋"，让生活张弛有度

很多人都听过"红舞鞋"的故事：

传说有一双非常漂亮的红舞鞋，它有一种魔力，会让穿上它的人拥有最轻盈、最美丽的舞姿，但同时，一旦你穿上这双鞋，它就会让你一直不停地跳舞，永不停歇，直至筋疲力尽地死去。

有一个很漂亮却不会跳舞的女孩，为了拥有美丽的舞姿，被众人羡慕，便瞒着家里人偷偷去寻找这双红舞鞋。

后来，女孩从一个神秘的巫师手中得到了这双有魔力的红舞鞋，穿上它之后，果然如愿以偿地拥有了最迷人的舞姿，所有人都对她赞叹不已。她兴奋极了，一刻不停地跳着，从街头跳到巷尾，从乡村跳到田野。

女孩跳了很久，她实在太累了，但红舞鞋的魔力却让她无法停下来。她后悔极了，一边跳一边哭，却没有什么办法停下舞动的双腿。

最后，女孩遇到一位樵夫，哭着求他砍断了自己的双脚。失去双腿的女孩终于瘫倒在草地上，而那双穿着红舞鞋的脚则依旧欢乐地跳着舞消失在了远方……

在生活中，每个人都有机会穿上这样一双"红舞鞋"，它会让你变得光鲜亮丽，获得无数羡慕和赞美的眼光。但与此同时，它也会让你苦不堪言，一点点将精力与体力透支干净，在无休止的高速运行中迷失自我……

生活啊，张弛有度才能长久，一时的光鲜，又怎比得上长久的快乐啊！

01

在电影《阿甘正传》中，阿甘说："有一天，我忽然想跑步，于是就跑了起来。"

结果，在阿甘向前奔跑的过程中，越来越多的人开始跟随在他的身后，向前奔跑。

阿甘跑步，是因为他突然涌现出这样的想法，于是便去做了。可那些跟随在他身后的呢？他们绝大多数其实根本不明白，自己为什么要去做这件事，似乎只是看到别人在做，于是便也就跟着做了。

生活中有很多这样的人，他们忙碌，疲惫，但却根本不明白自己为什么要这样忙碌和疲惫。他们就像陀螺一样，一刻不停地在旋转，在拼搏，却从来没有停下来仔细想过，自己这样做的意义是什么，自己究竟想要什么。

她就是这样一个女孩。

她的小名叫悠然，可她的性格和生活却一点儿都不"悠然"。相反，她是个思虑重重的女孩，每时每刻都在"未雨绸缪"。为了不落人后，不管干什么事情都拼命得很，硬生生把自己的生活排得满满当当，没有一刻得闲。

早上五六点就起床，晚上常常加班到凌晨一两点。白天要工作，晚上做兼职，周末还要忙着给自己"充电"、扩展人脉。更重要的是，除了自己这样拼命之外，她还要求男友也像她一样"上进"。最后，男友实在受不了这种紧迫又焦虑的相处模式，向她提出了分手。

这样的生活模式她保持了整整两年，在这两年中，她变得越来越焦躁易怒，身体状态也每况愈下，可工作业绩却也没有多大起色。而且由于她把时间安排得太过满当，根本没有任何时间去娱乐交际，所以和同事的关系一直都冷冷淡淡，就连和从前的朋友也都因为少有联系而日益生疏了。

母亲得知她的情况之后，特地从外地过来照顾她，看着女儿憔悴的样子，母亲心疼地叹息道："从前，妈妈年轻时候也跟你一样，要强得很，逼着自己不停地做事，给自己制定一个又一个的目标。后来，一直到你父亲去世之后，我才发现，其实在过去的这么多年里，我根本没有真正地'生活'过。甚至，我都不知道自己这样忙忙碌碌究竟为了什么。妈妈不希望你也和我一样，回顾过往的时候，才发现不知不觉丢掉了时光。"

02

为了寻找古印加帝国的文明遗迹，一位考古学家不远万里来到南美丛林。他雇用了当地的一些土著做向导，让他们带领自己穿越危险的丛林。

头三天，这些土著都走得很快，就连考古学家都险些跟不上他们的步伐。但到第四天的时候，这些人却怎么都不肯走了，非要停下来休息一天。

考古学家觉得很疑惑，询问了这些土著后才知道，原来当地一直都流传着一个习俗：在赶路时，一定要竭尽全力地去走，但每走三天，就要停下来休息一天，然后再继续上路。

土著对考古学家说道："因为我们要等待我们的灵魂，让它可以赶上疲惫的身躯。如果一直往前走不肯停歇，那么灵魂便会迷路了。"

土著的话给了考古学家很大触动，许多人不正是如此吗？一直拼命地赶路，透支自己的时间和精力，只为了赶在别人前头，结果却把灵魂落在了后面。直至某一天，蓦然回首，才发现竟只剩下疲惫的躯壳，而灵魂，则早已迷失在了忙碌的岁月之中。

03

在这个世界上，许多人都畏惧着死亡，总感觉死亡一直在背后紧紧追逐。于是，他们开始逼迫自己奔跑，一刻都不敢停歇，生怕一不小心，时间就被死亡抢占了。直到有一天，他们与死神相遇，才蓦然发现，原来他一直就等待在前方。不管你跑得快，还是走得慢，终有一天会与死亡相遇。而那些你以为会被死亡抢占的时光，则实际上都在你的奔跑和忙碌中悄悄丢失了。

在天堂的大门口，天使接待了三个凡人，并询问了他们这样一个问题：活了一辈子，你们觉得人来到世上是为了什么？

第一个人回答说，是为了享受生活；

第二个人回答说，是为了承受苦难；

第三个人则回答说，是既要承受生活的苦难，又要享受生活的赐福。

生活就像爬山，毫无目的围绕着山转悠的人，一辈子也无法领略山顶宏伟壮观的风景；但同样的，那些一心只以登顶为目标，却不懂得休息享乐的人，则会错过沿途秀美明丽的山水。

人生在世，不管做什么，都应适可而止，张弛有度。别让生活的"红舞鞋"跳走了时光，跳没了岁月，才惊觉人活一场，竟是恍然若梦，什么都不曾好好留下。

 ## 所有你以为过不去的过去都会过去

人这一生会经历很多的故事，或美满，或悲怆。每一个故事背后，或许都会留存下一道伤痕，深可见骨。但某一天，待这些故事全都沉淀在回忆中后，我们会发现，那些曾以为过不去的坎儿，最终都成了过去。

伤痕犹在，人生却早已前行。

生命的坚韧与强悍从来都是不容小觑的，再难熬的时光，咬紧牙关撑一撑，总有成为过去的那一天。

01

淳朴的小镇上住着一位神秘的老人，大家都不知道他是谁，但隐约听说他的一生有过许多故事，大起大落、跌宕起伏，曾风光无限，也曾坠入深渊。

老人是小镇上最有智慧的人，大家遇到什么问题，都会去向他请教。

有一回，一个年轻人找到了老人，悲伤地向他讲述了自己的故事：

年轻人出身不错，家境富裕，是家里的老么，受尽父母宠爱。但不幸的是，一场天灾却摧毁了年轻人的家，疼爱他的父母，谦让他的兄长，全都离他而去，唯有在外游学的他躲过一劫，却也从此成了孤家寡人。

年轻人对老人说："我知道您的故事，也听说过一些您曾经的经历。您所遭遇过的痛苦与绝望比我要更多，我想知道，您是如何摆脱这一切不幸，坦然接受自己的命运的？"

老人平静地拿出了两份账单，放在年轻人面前，对他说道："每一年我都会记下两份账单，一份记录的，是我所犯下的错误；而另一份记录的，则是我所遭遇的不幸。一年到头，我便拿出这两份账单，看看自己犯的错，再瞧瞧老天爷降下的惩罚。然后对老天爷说：'嘿，原来我竟犯了这样多的错啊，但您也没少给我降下不幸作为惩罚。所以，让我们相互原谅吧，我原谅您给予我的不幸，而您也请原谅我犯下的错误！'"

很多时候，真正让我们"过不去"的，不是生活中所遭遇到的痛苦与不幸，而是我们的心。心若豁达，便是晴天。

02

她曾是个幸福的小女人，有一份稳定的工作，有一个疼爱她的老公，还有一个乖巧的女儿。无论谁提起她，都是满满的羡慕。

或许就是太过平顺，所以不幸降临得也十分令人猝不及防。一场车祸带走了疼爱她的丈夫，只留下年幼的女儿和年迈的公婆，一夜之间，她的生活仿佛从天堂直坠地狱。

从小到大几乎不曾遭遇过什么挫折的她此时却感到仿佛天都塌了一般，在沉重的打击下，她很快就病倒了，躺了整整三个月，几乎不吃不喝，每天就靠着输液来维持生命。最后，是女儿的哭声唤醒了她，让她重新振作起来。

为了忘记伤痛，她本打算把女儿托付给公婆，自己离开这个伤心之地，到外地去打工。但看着女儿泫然欲泣的稚嫩脸庞，她最终还是打消了这个念头，强迫自己收拾好心情，继续自己的生活。每天上班、下班、照顾孩子、侍奉公婆。

可没想到的是，一向待她宽厚慈祥的公婆却在她沉浸在悲伤中，强打着精神忙碌时，把家里所有的财产都偷偷扣下了，包括家里的房产证，丈夫曾送给她的金银首饰以及丈夫生前的存折等等。公婆的行为让她很是伤心，但相比遭遇到的这一切不幸，这点儿伤心似乎已经完全不能影响到她了。

在她看来，就连最重要的丈夫都已经不在了，这些身外之物还算什么呢？人生已然走到低谷，再坏又能坏到哪儿去啊！

可偏偏，人生还真能再坏一些。就在她好不容易调整好心态，努力积极地去面对生活时，她的公公突发脑溢血住院了。那一刻，她本是想硬着心肠不去管这件事的，但想到曾经对自己百般呵护的丈夫，她最终还是去了医院，忙前忙后地照顾公公。公公出院的那天，婆婆泪眼婆娑地把之前抢走的房产证、存折和首饰都拿了出来，交到她的手上。

许多年过去了，她老了，女儿长大了，公公婆婆也都相继去世。在女儿成家立业之后，她在朋友的介绍下找了个一块过日子的老伴，都一把年纪的人，也谈不上什么恩爱不恩爱，但凑在一块过日子倒也颇有乐趣。

如今，看着周末带孩子来家里吃饭的女儿一家，听着厨房里老伴炒菜的声音，她的心中一片安宁和平静。在卧室的抽屉里，还保存着她曾经与丈夫站在一起笑靥如花的照片，回想起曾经经历的种种事情，她发现，那些本以为再也过不去的灰暗日子，早已经成为遥远的过去。而现在，岁月静好。

03

列夫·托尔斯泰说："生命的唯一目的是要变得更好。"

人生就像是一本书，可能有跌宕起伏和惊涛骇浪，也可能只是细水流年和花前月下，可能历经千辛万苦之后赢得结局的圆满，也可能过尽千帆之后只余遗憾与苍凉。但无论如何，只要书一翻页，那些或明媚或悲伤的记忆，便都只会成为过去的历史罢了。

不管今天是晴是雨，明天都会如约而至。时间从不会因为谁的痛苦与不幸而停滞，生活总是在向前走的，让我们无法前行的，只是我们自己的内心而已。

所以，当你在痛苦与绝望中挣扎之时，请试着咬紧牙关再撑一撑，这些你以为过不去的苦难，这些你以为越不过的绝望，终究有一天会成为过去的过去，成为让你倏然一笑的曾经。

 ## 摊开了手掌，整个世界都在手上

英国著名作家迪斯雷利说："经常生气的人，生命是短暂的。"

生气这事儿确实伤身又伤神，并且不会给我们带来任何好处，解决任何问题，反而可能让人在冲动之下做出后悔莫迭的事情，伤害别人也伤害自己，让周围的人对我们敬而远之，甚至嗤之以鼻。

会生气，说明放不下。但换个角度想想，如果某个人或某件事，都已经可以调动你的怒火了，那么这个人或这件事显然对于你来说，已经成了不好的东西，甚至是存有危害的毒瘤，既然如此，为什么不赶紧放开，减少对自己的伤害呢？

拳头握得越紧，手里能放下的东西就越少，而摊开了手掌，则整个世界便都在你手上了。

01

欧玛尔是英国历史上一位著名的剑客，备受人们的推崇。

欧玛尔曾有个和他势均力敌的对手，两人斗了三十余年，却始终没能分出胜负。

有一次，两人约定好决斗，结果在决斗的过程中，欧玛尔的对手却不慎坠下了马，欧玛尔立即持剑跳到了对手身上，此时胜负已分，只要欧玛尔举起剑，一秒钟内就能让对手命丧当场。

就在这个时候，出人意料的是，欧玛尔的对手在怒急攻心之下，居然做了一件十分不绅士的事情——他朝欧玛尔的脸上吐了一口唾沫。

这种行为实在是太侮辱人了，欧玛尔的脸色瞬间沉了下来，但他却放下了手中的剑，对被压在地上的对手说道："我们明天重新再比！"

对手很是惊讶，不明白欧玛尔为什么要这样做。

欧玛尔平静地说道："这三十余年里，我一直在努力地修炼自己，让自己能够在作战中不带一点儿怒气，所以一直以来，我才能常胜不败。而刚才，你的举动惹怒了我，我现在非常生气，如果此时我杀死了你，那么就被愤怒所支配了，我将无法体会到胜利带来的喜悦。因此，我们明天重新开始决斗吧！"

只不过，这场"明天的决斗"永远都不会开始了，因为从那之后，欧玛尔的这位对手就主动认输，并且拜他为师了。

对于欧玛尔来说，一直以来，他想要的，都是胜利的荣誉，而非怒气所主导的泄愤或报复。因为他比任何人都清楚，在愤怒支配下的一切泄愤和报复，一不小心就会成为燎原的大火，烧死了别人，却也会吞没自己。

愤怒是囚笼，握紧的拳头里，握的实际上正是你自己。

02

遭受丈夫背叛出轨的打击后，艾琳离开了家乡，独自到很远的地方做了一次长途旅行，希望能借此来忘记曾经的伤痛。

当她抵达一片海滩时，顿时回想起了很多曾经发生的事情，当初丈夫就是在一片漂亮的海滩向她求婚的，那时候她满心的甜蜜，却从未想过有一天会遭到这样的伤害与背叛。往事如潮水般涌来，艾琳悲伤地痛哭起来。

在艾琳痛哭之际，一位慈祥的老太太坐到了她的身旁，温柔地安慰她。艾琳太需要倾诉了，在老太太温和的声音中，将自己的事情一一告诉了她。

艾琳说道："我的心中充满了愤恨，我这样痛苦，而他却依然活得这样好。"

老太太问道："孩子，你为什么会这样愤恨他呢？"

艾琳答道："当初他在向我求婚时，曾发誓说，如果有一天他先背叛了我，那么一定不得好死。可现在呢？他背叛了我，却依旧活得好好的，伤心与痛苦却全都由我来承担。我恨极了，恨他的背叛，更恨老天爷的不公平！"

老太太说："要是这世间所有的誓言都能成真，那么人类恐怕早就已经灭绝了。从你们的爱情发生变化的那一刻起，他对你的誓言便已经像泡沫一般消散了。"

艾琳痛哭道："那我究竟该怎么办呢？我不甘又愤怒，却不知道自己还能怎么做！"

老太太说道："有这样一个人，他在鱼缸中养了一条十分名贵的鱼。可是有一天，鱼缸却被打破了。如果你是这个人，这个时候，你是会选择站在鱼缸前不停地咒骂和怨恨呢，还是赶紧拿一个新的鱼缸来救那条可怜的鱼？"

艾琳回答道："这还用说吗，自然是赶紧救那条鱼了！鱼缸都已经打破了，再咒骂下去，恐怕连鱼都要干死了。"

老太太点点头，微笑着说道："是啊孩子，你应该赶快去拯救你的鱼，而不是为已经破碎的鱼缸而愤恨。如果你把心思都放在那已经破碎的鱼缸上，又怎么会有精力再去照顾你的鱼呢？"

听完这些话，艾琳心中豁然开朗，长久以来积压在心头的郁气也渐渐散去了。

人的心就只有这么大点儿位置，放进了仇恨和怨愤，就再难装下阳光与欢笑了。当鱼缸打破的时候，与其浪费时间去为已经破碎的鱼缸而生气、愤恨，倒不如赶紧去拯救你名贵的鱼。鱼缸打破了便再也没有任何价值了，可活着的鱼却依然还是你的宝藏。

03

人这一生会遭遇许多的打击与不幸，这些打击与不幸会在我们心中留下难以磨灭的伤痕。

有的人受伤之后，便愤怒地握紧了拳头，把伤痕累累的一颗心握得更疼，让伤口不停地流血、化脓，让自己备受折磨，痛苦不堪；而有的人在受伤之后，却会选择放下伤痛，豁达地摊开手掌，解放受伤的心灵，让它在更广大的世界里慢慢恢复，直至伤口结痂、脱落，不再疼痛。

一时的伤痛，是别人给予的；而一世的伤痛，则是我们自己给自己的。别人给的伤痛终究有痊愈的一天，而自己给的伤痛却只有自己才能够治愈。心那么小，若装满痛苦，又该把幸福置于何地呢？

所以，别在受伤之后，再自己狠狠捅自己一刀。摊开手掌，放开伤痛，你才能拥有整个世界。

 浅浅的欲望，收放自如的生活

欲望是促使人不断前进的动力，欲望也是导致人坠入痛苦的祸首。

人有了欲望，才能不断提升自己，让自己成为更优秀的人。但欲望一旦失控，便会招致许多的负面情绪，让我们在痛苦与不满足中堕落、煎熬。

人生最理想的状态莫过于，浅浅的欲望，收放自如的生活。

01

清晨的时候，一只山羊晃晃悠悠朝菜园子里走去，它想去吃些白菜填填肚子。

朝阳升起，把山羊的影子投射得很长很长，看着自己的影子，山羊想：啊呀，原来我居然这样高大啊，这样高大的我怎么能再吃白菜呢？不，我得改吃树叶！

于是，山羊赶紧换了个方向，不去菜园子了，而是向着山上跑。

等山羊跑上山的时候，都已经是大中午了，太阳正当空，把山羊的影子一下子压缩成了小小的一团。山羊低头一看，心想：啊，怎么我居然这样矮小呢？这样矮小的我，可吃不到树叶呀，看来只能回菜园子吃白菜啦！

无奈，山羊只好又默默转身下山，垂头丧气地朝菜园子的方向走去。

这么一折腾，等山羊回到菜园子的时候，都已经夕阳西下了。这时，山羊的影子又被夕阳投射得很长很长了，甚至比早晨的时候还要长。山羊见状，心里又嘀咕开了：哟哟哟，我果然还是很高大的嘛，那些低矮的树在我面前算什么呢！

于是，山羊又再次转身，朝着山上奔去……

　　结果可想而知，奔忙一天的山羊最终却什么都没吃成。

　　山羊从来都只是这么高，不曾变高也不曾变矮，影响它的，不过是外界光线的变化罢了。可是傻傻的山羊却被这种虚幻的假象所欺骗，在白菜和树叶之间犹豫不决，徘徊不定，最终失去了白菜，也丢掉了树叶。

　　假如从一开始，山羊就能保持一颗平常心，不管看到的影子是大是小，就按照原定计划去菜园子里吃白菜，那么也就不会饿肚子了。可见，做人不能妄自尊大，但也不应妄自菲薄，保持一颗平常心，才能悠然自得，让生活收放自如。

02

　　一个年轻人误入一个神奇的花园，这里的植物都会说话，都有自己的思想。

　　在花园中，年轻人看到许多枯萎的植物：

　　因为不能像葡萄一样结出果实而郁闷不已的松树；因为不能像桃树那样开出艳丽花朵而生气不已的葡萄；因为无法长得比松树更加高大而心生厌倦的橡树；因为不能拥有如紫丁香一般的芬芳而垂头丧气的牵牛花……

　　年轻人在花园里头绕了许久，却几乎没能找到一棵精神的植物，只有最不起眼的小草，一株株神气活现地铺满了土地，带来一片生机盎然的嫩绿。

年轻人好奇地问道："小草呀，它们都因为各种各样的烦恼而枯萎了，为什么你们还能这样精神呢？你们都没有烦恼吗？"

小草在风里摇了摇身子，淡淡地说道："我们只不过是一株株最普通最平凡的小草而已。再烦恼也不会长得高大，再渴望也开不出鲜花，再纠结也结不了果实。所以，我们有什么可烦恼的呢？"

人世间的诸多烦恼皆是由欲望而起，小草之所以能偏安一隅，乐观积极地生长，就是因为它们心中没有过多的欲望和执念，故而才能安之若素，铺陈出一片勃勃的生机。

03

一个人幸福与否，与这个人的年龄、性别、家庭背景等等都没有关系，而是取决于这个人是否具有轻松的心情和良好的健康状况——这是一家专门的机构针对人们的幸福度调查研究得出的结论。

此外，这家机构还总结出了一些帮助人们获得幸福的"秘诀"：

◇ 不贪图安逸。不曾受过苦的人往往不懂得珍惜幸福，唯有失去过，才会明白拥有的宝贵。一个人，如果贪图安逸，对自己没有任何要求，那么久而久之，就容易失去斗志，甚至因为缺乏生活经验而不能理解幸福的真正含义。

◇ 不抱怨生活。抱怨是最无用的东西，不仅不能解决任何问题，反而会让痛苦与悲伤不断回放，让我们的心灵受到二次甚至是多次的伤害。一个人如果总是抱怨，那么便难免会一直沉浸于负面情绪之中，又怎么可能感知到幸福呢？

◇ 保持乐观与豁达。想要获得心灵上的安宁与平静，就得学会保持乐观豁达的心态，很多时候，真正阻碍我们走向幸福的，不是生活的苦难，而是我们心中挥之不去的痛苦。

◇ 安排好时间。总是被时间牵着鼻子走的人，只会生活得越来越疲惫。所以，想要获得幸福，我们就得成为可以掌控自己时间的人。只有把每天的时间都安排好，做有意义的事情，我们才能从中获得心灵的满足，从而产生幸福感。

◇ 常存一颗感恩的心。人应懂得感恩，拥有一颗感恩的心，才不会时时抱怨，也才不会让心中充满负面情绪。

◇ 制定一个目标。活得浑浑噩噩的人是永远也不会幸福的，因为他们连自己前进的方向都无法找到。所以，一定要懂得为自己制定一个目标，这就相当于在自己的人生道路上竖起一座灯塔，让我们永远不会迷失在前行的路上。

◇ 珍惜一段深厚的友情。朋友太多未必就会让我们感到快乐，但拥有一段深厚的友谊，则足以让我们滋生出幸福的心情。人生最幸运，莫过于拥有知己二三，所以，你未必需要很多朋友，但一定要懂得珍惜一段深厚的友情。

◇ 尽全力去工作。工作是最能够满足我们的成就感和渴望被认同感的。尽全力地去工作，会让人产生愉悦感，因为富有激情的工作劲头往往能够激发出我们最大的潜力，让我们更有充实感和责任感。

每个人对幸福的理解必然都有一定的偏差，但有一点却是肯定的，那就是，只有让我们的心学会安定和知足，只有懂得节制我们的欲望，人生才能迎来真正的幸福。

 懂得言"不"，方能从容淡定地活着

无论是在工作上还是在生活中，我们都难免会从他人口中听到一些不合情理的请求，有的人碍于彼此的情面，即使内心不愿意，却也总是对别人有求必应，一直按照别人的意愿去生活，然而，这样的人活得何其可悲呀！

善良是一种美好的品质，但没有原则的善良却只会成为令人鄙夷的软弱。我们总被教育应当去做一个好人，但这并不意味着我们就得舍弃自己的个性、喜好甚至是意愿，习惯一味去牺牲、去奉献的老好人永远不会收获别人发自内心的感谢与尊重。相反的，一个人如果总是将时间与精力投注于别人的天平之上，毫无原则地牺牲自我，甚至无法保持自己独立的人格，那么也只会成为被别人轻视和不屑的存在罢了。

人的时间与精力都是有限的，若你将自己的时间与精力都拿去迁就别人，那么势必就只能委屈自己。想要活得从容淡定，我们就得学会言"不"。拒绝那些应当拒绝的，舍弃那些应当舍弃的，如此，才是对生命最大的尊重，也是对我们自己的人生最大的珍惜。

⟍ 01

在我们周围，有这样一种人：他们在面对别人的请求或命令时，为了维护彼此之间的和谐关系，或是为了息事宁人，即使自己不情愿去做，也不好意思说"不"，只一味地迁就和宽容，这其中女性朋友占了大多数。

比如，在陪同事逛街时，明明已经非常累了，但当同事提出再去某个地方顺便买点儿东西时，他还是会陪同前往；辛苦工作了一天后，原本只想好好休息，可爱人提出希望被按摩时，他还是欣然答应。这种人通常都被我们称为"老好人"。

"老好人"们都有一个通病：无法拒绝别人，习惯牺牲自我。故而，他们往往很难保持一份独立的人格，更难以规划出自己的人生轨迹。林小薇就是这样一个典型的"老好人"。

临到周末，当同事们都在筹划着去哪里玩或者去哪家餐厅吃饭时，林小薇却为自己安排了满满的"任务"，而且这些"任务"还都是别人的事情：第一项，去图书大厦替经理买一本管理类图书；第二项，周六下午陪好朋友挑选婚纱；第三项，周日上午要陪婆婆去和房客签约；第四项……

成天为别人的事忙碌，林小薇也觉得很累很烦很不情愿，可拒绝的话却怎么都说不出口。深知她个性的朋友也曾劝说过："别总是逞强，明明可以拒绝，为什么总是应下这么一大堆事儿！"

可林小薇却总是无奈地叹息："我也没办法呀，别人都开口了，我怎么好意思拒绝人家？"就因为这份"不好意思"，林小薇只能把自己的生活搞得心力交瘁，疲惫不堪。

在工作上，林小薇同样学不会拒绝。同事们都知道她的"热心"，因此总是毫不客气地请她做这做那，"小薇帮我把文件发了""小薇帮我订一下午饭"……而林小薇呢，自然总是有求必应，却从来不去考虑自己的承受能力，结果分内的工作反而都给耽误了，屡次遭到了经理的批评。

可悲的是，当林小薇因为帮助别人做事而耽误了自己的工作之后，并没有任何一个同事向她伸出援手，大家都在窃窃私语：怎么连这么点儿事儿都干不好，这不是耽误我们的工作嘛……

02

伏尔泰说过这样一句话："当别人坦率的时候，你也应该坦率，你不必为别人的晚餐付账，不必为别人的无病呻吟弹泪，你应该坦率地告诉每一个使你陷入不情愿、又不得已的难局中的人最真实的想法。"

那些活得从容淡定的人，都是敢于说"不"的人。哪怕他们身份卑微、社会地位低下，也不会自轻低贱地去迁就别人，一味退让，而是能始终保持一份独立的人格，把自己的想法清晰地表达出来，踏踏实实做事，堂堂正正为人。

大剧作家萧伯纳就曾遇到过一个让他印象十分深刻的小姑娘。那是在苏联访问期间，有一天，天气很好，萧伯纳到莫斯科红场上散步，广场上白鸽一飞一落。

就在这时，萧伯纳注意到一个正在广场上看鸽子的小姑娘，小姑娘聪明活泼，十分逗人喜爱，萧伯纳便走过去和这个小姑娘玩了起来。

临别之际，萧伯纳对小姑娘说："回去记得告诉你妈妈，今天同你玩的是世界上著名的萧伯纳先生。"

小姑娘歪着头看向萧伯纳，想了想却说道："不，除非你答应我一个条件。"

说着，小姑娘冲萧伯纳做了一个手势，表示要同他讲悄悄话。萧伯纳疑惑地弯下腰，把耳朵凑了过去，只听到小姑娘学着他的口吻一字一句地说道："你也得回去告诉你妈妈，说今天同你玩的是苏联小姑娘莫妮卡。"

世界著名的萧伯纳先生大概永远也想不到自己会被可爱的苏联小姑娘莫妮卡当面"打脸"，但不管怎么样，大概他是一辈子也忘不了这个可爱的小姑娘的。她的拒绝捍卫了自己独立的人格，同时也让萧伯纳先生明白，无论面对的是谁，只要是她不想做的事情，那她便不会去做。

03

每个人都是自己生命的主人，都有权力遵循自己的意愿，去接受或者拒绝任何事情。

没有人会喜欢听到别人说"不"，但学会说"不"却是每个人的必修课。很多时候，鱼和熊掌都是无法兼得的，不委屈别人，那你就只能委屈自己。

人都是擅长得寸进尺的，当你因不好意思拒绝而答应别人一个微不足道的请求时，对方就有可能向你提出更进一步的请求，若你依旧学不会说"不"，那么对方就可能抓住你的这种心理，然后一步步踏入你的"领地"，侵占你的生活。

试想一下，如果你宝贵的生命全都浪费在做那些自己根本不愿意做的事情上，那么你的人生又如何能做到淡定从容呢？况且，你的自我牺牲未必就能换得别人的倾心相待，这样牺牲自己去取悦别人的行为，真的值得吗？

人哪，一定要懂得说"不"。人生注定会有无数的选择和取舍，什么都想抓在手里的人，最终只会什么都抓不住。

TOP 03

带着美好与欢喜前行，
哪怕一个人也定然不会寂寞

——

寂寞，是可怕的，是令人难以忍受的。人们为了排解寂寞，想出了很多很多的方法。灯红酒绿，人潮人海，置身其中并非解除寂寞的最佳方法。其实，只要带着美好与欢喜，即使是自己一个人也不会觉得寂寞。

人生最美妙的事都是免费的

每个活得疲于奔命的人都有一个目标，那就是让自己的日子过得更好，让自己的人生拥有更多美妙的东西。然而有趣的是，在这世界上，那些最美妙的东西却往往都是免费的。需要你付出高昂的代价才能获得的，只是昂贵的东西。

有人曾做过一项研究，发现能够促使人们获得快乐的，不是银行里的巨额存款，也不是酷炫的高速跑车，更不是华丽的品牌服饰，而是家庭、朋友以及美丽的大自然——而这些东西显然都是免费的。

某网站曾对 2000 名随机的受访者做过调查，当这些受访者被问及生命中最重要的快乐是什么的时候，有 22% 的人选择了"欢笑"，有 21% 的人选择了"与知心朋友共进美食"，有 19% 的人则选择了拥抱。有趣的是，它们同样都是免费的。

组织此次调查的总负责人也曾感慨："在这个过于复杂和紧张的世界里，我们一直在寻找重新与真正重要的东西建立联系的方法。家庭、朋友和美丽的大自然，它们最能带给人快乐。你瞧，似乎那些能够带给我们最大快乐的，恰恰都是生活中我们无须花一分钱就能获得的东西。"

01

这个世界上有个非常神奇的机构，叫作幸福研究所，它的总部就设在丹麦。

丹麦是个很神奇的国家，因为那里的人民都非常了不起。这种了不起并不是说丹麦人的智商有多高，而是他们对幸福的理解与体会着实令人敬佩。

在丹麦，一年之中有六个月都是昼短夜长的，曾有人调侃，说生活在这样的地方，恐怕连狗都要得抑郁症了。但神奇的是，丹麦人的幸福指数却是全世界最高的。即使他们生活的国度有着漫长的黑夜，可他们的内心却始终都充满光明。

或许与生活的环境有关，大多数丹麦人都十分迷恋灯具和蜡烛等照明工具，以及像壁炉那样能够带来温暖的东西。据说有的丹麦人甚至愿意花费几个小时的时间，就为了寻找到一家灯光舒适的餐厅来就餐。

丹麦人与中国人有一个最大的不同，那就是他们从不寒暄。这大概是丹麦人镌刻在骨子里的严谨吧，他们的情感表达总是简单又纯粹。所以，和丹麦人打交道并不是件容易的事，他们不擅长接纳新朋友，更不会去考虑自己的疏离是否会让对方陷入手足无措的尴尬。但如果你有幸打入他们的圈子，被他们所接纳，那么你将可能获得一段持续终生的友谊。

许多丹麦人都说过这样一句话："这个世界上最珍贵的东西都是免费的，比如爱，比如阳光和空气。"在他们看来，这世上最美好的东西都是简单而纯粹的，他们热爱自然，热爱一切充满生机和活力的东西。比如阳光、空气、温暖以及爱，在丹麦人看来，这些东西可比昂贵的名牌有吸引力多了，它们比这世界上所有的财富都更加珍贵。

或许正是因为奉行着这样的一种价值观，所以丹麦人才能活得肆意，活得纯粹。他们不会为了建立所谓的"人脉"去勉强自己接纳不喜欢的人，也不会为了获得物质的回报而强迫自己做那些不喜欢的事。很多时候，他们表现出来的样子甚至是有些冷漠和不近人情的，他们从来不会急着去与人建立交往，反而总习惯后退一步，保持距离来审视对方，以确定这个人是否能够进入他们的朋友圈。

可见，生活在有漫长黑夜国度的丹麦人，之所以拥有全世界最高的幸福指数，关键还是在于他们比任何人都活得真实，活得随心所欲，活成了自己喜欢的样子——真实而又纯粹。

02

在国内的"驴友"圈里，傅真和其丈夫毛铭称得上是一对传奇人物。

傅真是个江西女孩，毕业于中国人民大学，2003年到英国读硕士。傅真是个很有能力的女孩，曾在伦敦做投资银行的工作。那是一份令人艳羡的工作，这份工作为傅真提供了可观的薪水和较高的社会地位，让傅真获得了极大的尊严感，因此在很长一段时间里，即使这份工作时间太长，强度太大，几乎占据了她所有的生活，傅真也从未想过放弃，而是一直都非常珍惜。

但随着时间的流逝，傅真却感觉自己心中的空洞越来越大，这份人人称赞的工作并未给她带来幸福感和满足感，反而让她日渐迷失。那些外表光鲜的东西——高等教育、世俗标准的好工作以及中产阶级的幸福生活——已经成为一种束缚，将她圈进在了一个狭小的空间，让她只能茫然失措地走上那条早已被安排好的轨道。

傅真说："很多人羡慕我的生活，但我甚至连生活都没有。"

在意识到这一切之后，傅真知道，自己不能再这样下去了，不能让生命浪费在浑浑噩噩的生活中。她需要一个契机，一个彻底的改变。

很快，傅真就干了一件"惊天动地"的事——她辞职了，决定给自己来一场说走就走的长途旅行。她想在这场旅行中重新认识这个世界，也重新思考自己的人生。她想看看别人是如何生活的，想去理解和感受别人的思想，从而更深刻地了解自己的局限，探寻自己的本心……

阅读过傅真文字的人，皆能从她行云流水的字里行间感受到一种洒脱、流畅和大气。她是一个体验者，也是一个融入者和思考者。于她来说，旅行从来不只是一路上的浮光掠影和寻奇猎艳，而是一段感悟生命的体验，一场精神与灵魂的修炼。

放弃高薪厚职，傅真从来不曾有过丝毫后悔。在旁人眼中，如今的她或许不如 iBanker 时期的她那样光鲜亮丽，但她自己却很清楚，自己更喜爱怎样的生活，更想活成怎样的模样。

03

世界上最美妙的东西都是免费的。

阳光是免费的，芸芸众生，谁也无法离开它而存活下去，但我们却从来不曾为享受阳光而支付过任何报酬；

空气是免费的，无论是人还是动物，只要活着便需要源源不断的空气，然而从古至今，却没有任何人为享受空气而买过单；

爱情是免费的，不管是海枯石烂的相许，还是相濡以沫的陪伴，都是由心而起的真挚，是无论多少金钱都无法买到的东西；

亲情是免费的，那份深入骨髓不求回报的疼爱，是父母给予子女最珍贵的礼物，它不会随时间而流逝，也不会因财富的多寡而增减；

友情是免费的，那些志同道合的默契，相互扶持的情谊，皆无法用金钱来折合计算；

梦想是免费的，它不会拒绝锦衣玉食的公子哥，也不会嫌弃衣不蔽体的流浪儿，只要愿意，你便可以拥有……

所以，我们其实没有必要把自己逼得太紧，那些为生活而疲于奔命的人，恰恰正是在这种疲于奔命中遗失了生活。一个人活得幸福与否，关键还要看心态，若能放开胸怀，哪怕生活清贫，我们也能从中品出满足与安宁的滋味儿。因为那些最美好也最珍贵的东西，可都是免费的！

 再平淡的日子，也有静静幽香

春是美的，百花齐放，争奇斗妍，温润的春风，飘扬的垂柳，处处一片生机盎然；

夏是美的，骄阳如火，树木郁郁葱葱，风拂过荷塘，一片荷莲便笑弯了腰；

秋是美的，云淡风轻，麦浪滚滚，四处一片金黄，充盈丰收的味道；

冬是美的，白雪皑皑，蜡梅如火，冰天雪地中也自有一番风情。

人世间的美有多种形态，山川壮丽，河流蜿蜒，原野广袤，海洋辽阔……幸福同样也是如此，有人欣赏艳冠群芳的牡丹，有人喜欢风情万种的玫瑰，也有人为平凡小草的顽强生命力而倾倒……

幸福从来不曾有标准，再平淡的日子，也有静静幽香。

01

一个年轻人到老师家拜访。当时，老师正在吃午饭，年轻人一看，老师的午饭甚是简单，一碟子腌萝卜，一碗杂粮饭。

年轻人知道，老师出身不错，家境一直很富贵，要不是前些年出了些事，如今也不至于这般清贫。想着从前老师锦衣玉食的生活，再看看桌上这碟子腌萝卜，年轻人不免有些心酸，替老师难受起来。犹豫了许久，年轻人才迟疑地叹了一句："老师，您不觉得这菜太咸吗？"

老师却很是淡然，似乎并不觉得简陋的午饭有什么不对，微笑着回应了一句："这咸也有咸的味道。"

过了一会儿，老师吃完了饭，碗底还沾着些米粒儿。老师顺手拿起桌上的暖壶，往碗里倒了些白开水，搅和搅和之后，连水带着碗底的米粒一气儿喝了下去。看到老师的这一举动，年轻人心里更添了几分酸楚，当即便有些哽咽，却又不忍去戳老师的痛处。纠结了许久，年轻人才难受地问了一句："老师，这么淡，怎么能喝得下去呢？"

老师却淡然一笑，说道："这淡啊也有淡的滋味儿。"

看着老师脸上淡然宁静的笑容，年轻人心中一动，是啊，咸有咸的味道，淡有淡的滋味儿，生活不就是如此吗？既然没有山珍海味，为什么不试着去放开胸怀，好好去品尝桌上的家常菜肴呢？

世间的美千姿百态，有娴静如水，也有骄阳似火；人们的生活滋味百样，酸甜让人喜爱，苦辣却也别有风味。关键还在于你是否能坚守一颗安然自得的心，不争不抢、不悲不怨，无论身处何地，遭遇何事，都能以宽容的气度去包容，去品味。

02

有人说，按照人体细胞新陈代谢的规律，人的细胞每三个月会替换一次，随着旧细胞的死亡，新细胞也会随之诞生。而不同部位的细胞新陈代谢的时间与间隔也有所不同，如果要把一身的细胞全部换掉，一共需要七年的时间。

如此一说，婚姻与爱情中的七年之痒倒是似乎有了些许依据似的。

说到七年之痒，结婚正好第七个年头的李明俊真的感觉"痒"了。虽说对现在的生活，李明俊并没有什么不满意，老婆漂亮贤惠又能干，女儿乖巧听话成绩好，父母也都身体健康吃饭香，而他自己呢，工作发展也非常顺利，前阵子还刚升了职。可大概就是生活实在太平顺了，时间一久不免就有些乏味，然后，李明俊"痒"了。

恰好在这个微妙的时段，李明俊以一种极其戏剧化的方式认识了狄晓丽，一个酒吧驻唱的女歌手。

那天，李明俊和几个朋友到酒吧玩，正好碰到狄晓丽被几个人纠缠。李明俊不是个爱管闲事的人，偏偏那天巧了，纠缠狄晓丽的其中一个年轻人一不小心泼了李明俊一身酒，而且态度还嚣张得很，而李明俊呢，那天刚丢了一单生意，心里窝着火呢，加上又喝了点儿酒。于是，一场英雄救美的戏码就这么顺理成章地上演了。

要说这狄晓丽，长相、气质、学识、出身，没一样比李明俊老婆强的，唯一的优势大概就是年轻爱玩放得开了吧。戏剧化的相遇，截然不同的女人，充满新鲜感和刺激感的交往，早已经开始"痒"了的李明俊就这么沦陷下去了。

虽然狄晓丽的出现让李明俊平淡乏味的生活添了许多

精彩，但李明俊是从来没有想过要真的和狄晓丽一块过日子的。这纸终究没能包住火，李明俊和狄晓丽的事情还是被他老婆知道了。结果，往日里温柔贤惠的老婆这一次却是异常强悍，无比坚决地提出了离婚，还直接带着女儿出国了，把所有离婚的事情都交给了律师去处理。

婚姻的破碎让李明俊后悔不迭，回想起往日一家人在一起的种种温馨，李明俊更是悔不当初，那些一直以来都觉得平淡甚至是乏味的细节，如今却只能在回忆里一遍遍地回放。

而狄晓丽呢，她其实年纪也不小了，早就有了想安定下来的念头，遇到李明俊可说是意外之喜，她也是曾经想过要好好跟李明俊过日子的。但自从李明俊的妻子提出离婚之后，李明俊就全副心思都扑在了挽回婚姻上，压根儿就没再搭理狄晓丽，狄晓丽一颗火热的心也才渐渐冷却下来，认清了现实。

三个月后，李明俊的妻子还是坚持和他离了婚，眼看再也挽回无望，李明俊又想起了狄晓丽。可这个时候，等他再想回过头去找狄晓丽时才知道，早在一个月前，狄晓丽就已经有了新欢了……

03

做人最怕的，就是不知满足，什么都想要。有了名贵艳丽的牡丹，却又向往小巧可爱的雏菊；有了壮美秀丽的山川，却又想要波澜壮阔的海洋。但人生不过短短数十载，无论是时间还是精力都是这样有限，又怎么可能事事包揽呢？

人最大的不幸就在于，总是要在失去之后才能明白曾经拥有的可贵。但偏偏这世间，有许多东西都是没有挽回的机会的，失去那便是永远的失之交臂了。

所以，别总是让眼睛盯着远方，与其总去梦想那些不属于你的东西，不如停下来，好好看看自己所拥有的，并学会用心去品味，去感受。跌宕起伏的日子固然精彩万分，但平淡似水的流年，其实也不乏静静幽香。

 ## 爱如春风，无须看见，只需感受

爱是一种感觉，需要我们用心去感受，就好像春风拂面一般，虽然看不见，却能吹入心间，融化坚冰。

每个人表达爱的方式都不同，有的人爱得热烈，喜欢把爱挂在嘴边，用美好热情的语言来装裱；有的人爱得实在，喜欢把爱变成给予，用各种各样的礼物去传达；还有的人则爱得深沉，喜欢将爱融入细节，如春风化雨，一点点沁入心田。

不管哪一种方式，都是对爱的表达，很多时候，我们身边其实并不缺少爱，真正缺少的，是发现爱的眼睛，是体察爱的心灵。

01

有一种爱，内敛而沉重，或许从不曾说出口，但却一直陪伴在你我身边。

母亲去世的那一年，他才五岁，什么都不懂，只知道，那个会温柔地对自己笑，自己管她叫母亲的女人离开了自己，永远不会再出现。

他的父亲是个沉默的庄稼汉子，从小和他的交流就不多。那天，父亲呆坐在墙根抽了一天的烟，然后就开始忙前忙后地操持葬礼，几乎没和他说一句话。葬礼一结束，父亲就离开了村子，把他托付给爷爷奶奶照顾，那时候，他似乎突然明白，自己被抛弃了。

刚上学的时候，他其实是个挺乖巧的孩子，但没有父母在身边，就难免有些难言的自卑和不安全感，整个人也显得有些畏畏缩缩。之后，同学之间开始流传说他是个没爹没妈的孤儿，是被父母不要的小孩。

那时候的孩子年纪小，很多事情其实都不懂，就喜欢凑在一块瞎起哄。他就这样被孤立，被欺负了。童年不愉快的经历让他变成了一个愤世嫉俗的人，他开始和一些坏孩子混在一起，跟着那些人打架抽烟，因为只要他变坏，就再也没有人敢欺负他了。

这些年他很少见到父亲，但日子过得还是比村里大多数孩子要好的，至少从物质条件上来说，他从未受到过任何亏待。一直在外打工的父亲常常会给家里寄钱，爷爷奶奶又素来疼爱他。

因为有不少零花钱，所以他对朋友非常大方，常常买零食请大家吃，渐渐地就给自己收拢了一批同样不爱读书的"小弟"，等上了初中，他也算是学校的"一霸"了。

有一次，他逃学回家，打算摸点儿钱带几个"小弟"去游戏厅，进了院子就听到有人说话的声音，一开始还以为屋里进了小偷，偷偷着过去一瞧，居然是许久不见的父亲回来了。他赶紧猫下身子躲了起来，对于这个从来和他不甚亲近的父亲，他其实还是有些害怕的。

屋里除了父亲之外还有一个瘦小的男人，他认识这个人，就住在他家隔壁，听说也是常常外出打工的，只不过他回来的次数要比父亲多得多。这个瘦小的男人似乎是在劝父亲再讨个媳妇，还连人选都推荐好了，就是住后头那巷的王寡妇。

那王寡妇他也认识，是个长得还算清秀的年轻女人，带着一个儿子，也是个不学无术的家伙，比他还小两岁。那一刻他心里其实是有些害怕的，那些娶了后娘不要儿子的故事他听得可不少。但令人意外的是，父亲却直接拒绝了。他听到父亲说——

"我有老婆，不需要再讨一个。"

"我怕找个女人，她打我家崽。"

"我的钱是给我家崽上大学用的，不是用来养女人的。"

"考不上以后就给他讨媳妇，讨个和慧芳一样的好女人。"

慧芳是他母亲的名字。那天是他第一次听父亲说这样多的话，每一句都让他心里涌起一阵难言的酸胀感。透过窗户缝，他瞧着那个沉默寡言，饱经风霜的老男人，只感觉眼睛酸酸涩涩的，一种不可名状的感情激荡在心间。

那天他偷偷回了学校，没有去游戏厅。后来，他就好像变了个人似的，从班上成绩最后一名的问题学生，硬生生把自己变成了个学霸。

后来，他考上了大学，再后来他找到一份不错的工作，再再后来他结婚生子，功成名就。

他曾想过要把父亲接到城里一块生活，却被父亲拒绝了。那个沉默寡言的汉子，一辈子都没有再娶，坚持独自生活在乡下，为他付出了一辈子，也陪了慧芳一辈子。

很多年后，他还总是会想起，在他接到大学录取通知书的那天，他的老父亲在村里给他摆了宴席，酒喝到一半人就不见了。最后，他是在他母亲的坟头边上找着父亲的，那个老男人喝得酩酊大醉，眼角的泪痕都没干，嘴上的笑却一直没下去。那一刻，他仿佛第一次触碰到了那个沉默寡言的老男人——他的老父亲藏在心里的，那份厚重而深沉的爱。

02

爱如春风，瞧不见、摸不着，但只要用心去感受，去体悟，必会让那柔软的温暖沁入心间。

每个人表达爱的方式都不一样，有的人爱你便是大把地为你花钱；有的人爱你便是无止境地给你纵容；也有的人爱你，却会爱之深、责之切；还有的人爱你，便是从不宣之于口，却能在每一个细节上都给你最大的关心与照顾。

爱是一种感觉，只能靠我们自己用内心去感受，世界上没有任何东西可以丈量出爱的深度与广度。

爱如春风，无须用具体的形式来描摹，只要用心感受，必会有所收获。请相信，在这个世界上，必然有人在爱着你，或亲情，或友情，或爱情，别用冷漠关闭心房，错过了温暖而珍贵的爱。

若总羡慕玫瑰的娇艳，便将错过莲花的清淡

曾听过这样一句话："玫瑰就是玫瑰，莲花就是莲花，只要去看，不要攀比。"

玫瑰与莲花，两种完全不同的花卉，玫瑰热情如火，娇艳欲滴，莲花却是清新典雅，惹人怜爱，二者各有各的魅力，说不上谁好谁坏。

我们的生活其实也是如此，各有各的幸福，同样也各有各的不如意，就好像玫瑰与莲花一般，是无从进行比较的。如果你总是将目光放到别人身上，盯着别人拥有的东西，那么又如何能看到自己拥有的是什么呢？

别人的生活在你眼中，或许就像娇艳的玫瑰一般，值得艳羡，但你的生活在别人眼里，又何尝不是那清新典雅的莲花，惹人喜爱呢？

许多时候，当我们羡慕着别人时，或许也正被别人所羡慕着。就像卞之琳在其诗歌《断章》中所写的：

你站在桥上看风景，

看风景人在楼上看你。

明月装饰了你的窗子，

你装饰了别人的梦。

01

都说婚姻是爱情的坟墓，结婚两年后，赵兰深刻地体会到了这一点。

赵兰和丈夫李刚是自由恋爱结婚的，当初也有过浓情蜜意，有情饮水饱的日子，但在进入婚姻殿堂之后，随着生活中日复一日的琐碎，再甜蜜的爱情也渐渐被磨得越来越淡。面对生活的艰辛，面包在与爱情的博弈中越来越占据上风。尤其是看着曾经的好友、同事生活得越来越好，赵兰渐渐开始为缺少财富而忧郁不乐，并总是会不由自主地去和朋友们进行攀比，抱怨逐渐成了她和丈夫对话的主旋律：

"小娜交了个新男友，又体贴又温柔，还很有钱，很有能力，他们吃好的，穿好的，前不久刚买了新家电，新房子……我们的钱太少了，少得只够维持最基本的日常开支。你在这家公司工作了这么久了，什么时候才能年薪百万呢？"

"钟慧前阵子出国了，把她老公的卡刷了一百多万，啧啧，买了一堆名牌包回来，给她嘚瑟的……什么时候你也能贡献张卡让我这么痛痛快快地刷一次啊？"

"李强前阵子升官了，听说做了个什么总监，以前那小子可看不出来这么出息。我说，连他那种人都能当什么劳什子总监，你到底什么时候才能闯入领导层，带领我们家的生活奔小康啊……以前读书的时候你可不是这么没用的啊……"

……

面对赵兰的种种抱怨，好脾气的李刚并没有生气，而是在生活中不断寻找机会开导妻子。

一天，夫妻二人去医院看望一个朋友。朋友向他们诉苦，说自己的病是被累出来的，常常为了挣钱不吃饭、不睡觉。

回到家里，李刚就问赵兰："如果现在给你一笔钱，但你会跟他一样躺在医院里，你愿意吗？"

赵兰不假思索地回答："当然不愿意，多受罪啊。"

过了几天，夫妻俩去郊外散步时，经过路边的一幢漂亮别墅。正好，从别墅里走出来一位白发苍苍的老婆婆。李刚又问赵兰："假如现在就让你住上这样的别墅，但同时要变得跟她一样老，你愿意不愿意？"

赵兰生气了："你胡说什么呀？给我一座金山我也不干！"

李刚却笑了："这就对了嘛。我们拥有健康、拥有青春，这些东西可是比钱、比别墅要贵重多了！我们这么富有，应该感到幸福才对啊；而且，我们还有靠劳动创造财富的双手和大脑，你还去羡慕别人做什么呀？"

听了这些话，赵兰若有所思，之后也不再一直自怨自艾，抱怨不断了。事实上，当她开始学着用一颗平常心来面对生活的时候，才发现原来自己拥有的，从来就不比别人少。

02

在这个物欲高涨的时代，很多人似乎都已经习惯把目光胶着在旁人的身上，紧盯着旁人拥有的东西，却反而忽略了属于自己的风景。但其实，我们的很多不快乐和不满足，并非是因为我们拥有得太少，而是因为我们总忙着去羡慕别人，嫉妒别人，却压根儿没正眼看过自己究竟拥有什么。

孟洁是一位都市女白领，与丈夫结婚后用尽积蓄买下一套二居室的房子。房子是夫妻二人精挑细选后定下来的，两人住进去后感觉十分舒适，心中十分开心，每天上班脸上都会挂着幸福的微笑。

不久后，孟洁的闺蜜丫丫也和老公一块买了套房，装修好之后丫丫便打电话邀请孟洁到家里做客。丫丫家条件不错，老公是贸易公司大老板，经济条件自然是孟洁没得比的。丫丫的新房子地段非常好，而且面积比孟洁家大了快一倍，里面装修也十分高档。

看着闺蜜这套比自家高出不止一个档次的房子，孟洁的心里难免有些不是滋味儿，再回家之后，更是看自己的房子哪哪儿都不顺眼，再也没有舒适的感觉了。想来想去，孟洁便生出了在市区贷款买房的想法。

对于孟洁这种不切实际的念想，丈夫自然不会同意，夫妻俩就这事吵了不止一次，整日口舌之磨、身心之疲。

这不，这才刚下班回家，两人又因房子的事爆发了激烈的争吵。

"老公，别说丫丫了，就连那个小洪家也是在市区买了新房子，可大可气派了！"

"咱家房子虽然不大，但也不小，而且很温馨，也挺好呀。"

"挺好？你那就没出息！你让我和女儿和你住这样小的房子？我真后悔，当初怎么看上你这么个不求上进的东西！"

"我工作勤勤恳恳，对家庭尽心尽力，咱们一家平平淡淡，有吃有喝多好啊。你为什么非要让我跟别人比呢？你要是真的觉得别人比我好，那好，离婚吧，你去找一个你觉得好的人过好生活去吧！"

"好啊，你给不了我比别的女人更好的生活，居然想和我离婚，离就离！"

……

03

幸福，如人饮水，冷暖自知。

拥有得多不一定就是幸福，拥有得少也并不代表就与快乐无缘。其实很多时候，痛苦的根源都来自于自己的心态，因为眼睛总是盯着别人，所以永远都不会感到满足。但仔细想想，那些你所艳羡的，真的就是你想要的，真的就能为你带来幸福吗？

大房子虽然华贵，却少了几分小房子的温馨；

高薪厚禄固然令人艳羡，却难免缺了几分自在与随性；

高门大户让无数人趋之若鹜，却也少不了更多的规矩和束缚……

其实，人各有各的缘分，各有各的活法，富贵少不了烦恼，贫穷也少不了快乐，关键还是在于你对待生活的态度。别因艳羡玫瑰的娇艳，便错过了莲花的清雅，只有那些真正抓在手心里的东西，才是你生命中最珍贵的宝藏。

 爱情是童话，责任却是现实

奶茶歌声温润地浅唱低吟着："会爱上他只是因为我寂寞，虽然我从来不说，我不说你们也该懂；其实他会爱上我，也是因为他寂寞，因为受不住冷落，空虚的时候好有个寄托……"简简单单的几句话，便道尽了多少男男女女五光十色的爱情背后遮掩不住的寂寥与期盼。

寂寞就好像一座空城，在这座空城之外，有一种东西叫作诱惑，它像一团火，又像一道光，燃烧闪烁在围墙之外，散发着迷人的光彩。耐不住寂寞的人走出了空城，如飞蛾扑火，一不小心就焚尽了自己，失去了那座名叫寂寞的城。

有人说，婚姻是爱情的坟墓，若没有婚姻，那么爱情最终的结局就是死无葬身之地。同样，那座名为寂寞的城，又何尝不是我们的魂归之所呢？失去了它，我们便只能在人生的荒芜中痛哭、流浪。

01

弗朗西斯卡的生活非常平淡，和其他大多数人似乎没有什么区别。贤淑善良的她是美国艾奥瓦州一个农夫的妻子，有一双儿女，一家人都生活在农场里，日子平静又单调。

在弗朗西斯卡的人生中，似乎从来没有过什么特别令人揪心的不幸，但也不曾发生过什么令人激动万分的事情。就是在这种死水一般的平静里，她遇到了生命中一个非常特别的男人，天才摄影家罗伯特·金凯。

那是一个夏日，与往年的夏日似乎也没有什么不同。摄影师罗伯特·金凯来到了弗朗西斯卡家的农场附近，他想要拍摄当地一座颇有历史的廊桥——罗斯曼桥。

在很偶然的一个机会下，弗朗西斯卡遇到了罗伯特·金凯，并成了他的向导。那时候，她的丈夫和孩子都恰巧不在家，一系列时间与空间的巧合碰撞，为这对中年人提供了滋生爱情的条件。

或许，爱情永远是没有任何道理的，有的人，一眼便能让你就此沦陷；有的人，哪怕一生也无法走进你的心田。

短短的四天相处，弗朗西斯卡与罗伯特·金凯就双双坠入了爱河，他们一起在罗斯曼桥拍摄美丽的风景，一起享受浪漫的烛光晚餐，相互拥抱着在动人的音乐中翩翩起舞……在这四天里，他们如同所有坠入热恋的年轻男女一般，眼中只剩下彼此，忘记了自己的身份，忘记了外界的一切，只有彼此。

这是一场猝不及防的爱情，像燃烧的烈火一般，点燃了两颗寂寞的心。但罗伯特·金凯的工作注定他要漂泊四方，不可能拥有像普通人那样的安定；而弗朗西斯卡呢，她也有着自己的丈夫和女儿，不可能为了这份爱就抛弃家庭。最终，他们分开了，带着回忆和遗憾……

这就是著名电影《廊桥遗梦》所讲述的故事。

爱情是童话，永远都闪耀着璀璨的光芒，晶莹剔透，吸引着无数人的视线，总是让人欲罢不能。然而责任却是现实，再美的童话也抵不过冰冷的现实。童话虽美，却只能留存于短暂的梦境之中，我们真正能握在手里的，始终还是冰冷而枯燥的现实。

童话之所以美好，就是因为它总会在最圆满的地方戛然而止，它向我们展示了王子与白雪公主的盛大婚礼，却从未提及婚后的他们是否依旧情比金坚；它向我们讲述了灰姑娘与王子的浪漫相遇，却从未告诉我们，在那之后的他们会不会因为身份和成长背景的不同而无法相处……

爱情是最美的童话，是最令人动容的诱惑。然而，在故事的高潮之后，生活却还得继续下去。

02

丈夫在她面前坦承自己出轨，并遇到"真爱"的事情时，她的心脏仿佛突然被一只无形的手紧紧攥住了，几乎窒息。

相识十年，携手七年，那个记忆中口口声声说会疼她爱她辈子的男人，现在就坐在那里，告诉她，他遇到了"真爱"，他要离婚，和他的"真爱"在一起。

丈夫的脸上有挣扎和痛苦，也有举棋不定的犹豫。她本想潇洒地签下离婚协议书，甩在丈夫脸上，倒看看他能和"真爱"折腾出个什么日子，但一想到刚上初中的女儿，她还是强迫自己忍住了脾气。

她平静地邀约丈夫一起吃顿"散伙饭"，并和丈夫谈起了那位所谓的"真爱"。

丈夫说，那是个单纯的女孩，和她在一起，他感觉很自在。他可以不修边幅，把臭袜子四处乱扔，她会陪他通宵打游戏，吃垃圾食品。他送她的几块钱的小玩意儿她也能视若珍宝，仿佛比钻石黄金还值钱。最重要的是，和她在一起，他能感受到她满心满眼都是他，全心全意地爱着他，依赖他……

丈夫说了很多"真爱"的好，像是刚刚陷入热恋的毛头小子。

她一边听，一边给自己灌啤酒，灌着灌着突然笑了起来。

她想起他们刚刚恋爱的那些年，她也曾认真珍视过他送的小玩意儿，她也曾陪他一块通宵玩过游戏组过战队，她也曾不在意他不修边幅，她也曾把一整颗心都放在他身上……

她笑着，却又突然哭了。

她说，前几年你生病住院，身体各项指标都不正常，医生说要保证正常的作息，年纪越来越大，再像年轻时候那样放纵，以后就追悔莫及了。从那个时候开始，我天天盯着你，不让你熬夜，不让你劳累；女儿从小气管不好，天气一凉下来就成天咳嗽个不停，有一年冬天还发烧得了肺炎，打吊瓶一打就是半个多月，后来，我不让你在家里头抽烟，怕二手烟吸多了对女儿的身体不好；每年过年过节，你什么都不用操心，我得忙前忙后安排给你家的亲戚送什么礼，他们上门来找你帮忙，我得替你把关，帮你处理；我要操心给你父母打钱，关心他们的身体健康……我也想满心满眼都是你，全心全意都依赖你，可我能吗？这些事情，我不去操心，不去做，能指望你吗？现在好了，你有你的"真爱"了，我呢，也可以解脱了……

最终，他撕掉了那张她已经签下名的离婚协议书。

爱情是童话，而责任却是现实。我们都喜欢美丽的童话，却不能忘记，于我们而言真正有意义的，那些真正能让我们握在手中的东西，始终还是现实。

 生活不是赛跑，不必那么争分夺秒

生命是一场旅程，每一分钟都应是享受。然而，许多人却把生活变成了赛跑，让自己活得争分夺秒，忙着赶着地朝"终点"跑去。

赛场上，我们之所以争分夺秒，是因为冲过终点便能收获荣耀。可生活并不在赛场上，也并不存在一个满载荣誉的"终点"，我们所拥有的每一分钟都是同样重要，同样宝贵的，岂容我们囫囵吞枣一般地去挥霍，去浪费？

约翰·列侬曾说过："当我们正在为生活疲于奔命的时候，生活已经离我们远去。"是啊，我们之所以疲于奔命，也不过是为了拥有更多筹码，以便能够活得更加从容罢了，然而，这样的疲于奔命却又何尝不是与我们内心的渴求相悖的呢？

况且，牺牲今天去成全明天，这样的念头又是何其可笑啊，今天与明天皆是生活，同样可贵，也同样重要。更何况，今天已握在我们手里，明天却依然还是未知，又何必用已经拥有的，去换取虚无缥缈的呢？

生活不是赛跑，不必总是那么争分夺秒，有时停下来看一看，或许能让你发现更多生命的美好。

❧01

乡下住着一对父子，每年过年之前，他们都会把家里的粮食、蔬菜装在老旧的牛车上运到家附近的镇子上去卖，好换了钱给家里添年货。

这对父子的性格迥然不同，儿子是个性子急躁的人，总是很着急地赶路，而父亲却总认为凡事不必着急，要享受赶路过程中的快乐。两人为此没少起过争执，总是一个人不断催促，一个人却气定神闲。

又一个年关将至，清晨，这对父子和往年一样，装载好货物之后便赶着旧牛车去镇上卖粮食和蔬菜。

一路上，儿子都想着，得在天黑之前赶到集市，所以他很着急地在赶路。见儿子步伐越来越快，父亲悠然地提醒道："放松点儿，儿子，别这么着急呀，你又不是要去赛跑！"对于父亲的话，儿子嗤之以鼻，甚至还在心里偷偷嘀咕父亲的懒惰，脚下的步子也丝毫没有停滞，手上的棍子也不停地催赶拉车的牛，要它走快些。

快到中午的时候，父亲在路上遇到了一个老朋友，便邀老朋友一起到路边的茶馆喝喝茶聊聊天。儿子瞧得心急，不停地催促父亲继续赶路，但是父亲却坚持与好久不见的熟人聊了好一会儿，这才依依不舍地告别。

没多久，他们走到了一个岔道口，父亲突然提议，说应当往西边那条路走，因为那里的风景非常漂亮，他们可以一边走路一边欣赏美丽的风景。儿子很不以为然，在他看来，挣钱可比看风景重要多了。但没法子，他拗不过父亲，只好不情不愿地走上了西边的路。

正如父亲所说，这里的风景确实独好。路边是绿油油的草地，草地上开满漂亮的野花，不远处还有一条清澈的河流，父亲满心喜悦，儿子却视而不见，依旧急匆匆地拼命加快脚步。

最终，他们也没能在天黑前赶到集市，只好在路边过夜。父亲对儿子说："放松些吧，这样你可以活得精彩一些。"

说完他倒头便睡，鼾声四起；儿子则很是焦虑，一夜无眠，总在担心明天早上还赶不到目的地。

第二天一大早，儿子在晨光中苏醒，迷迷糊糊间不经意瞄到了父子俩置身的湖光山色。蓝天白云，鸟语花香，风景竟是如此美好，他猛然惊觉，昨日一路走得匆忙，竟是完全不曾发现这一路上的美好与惬意……

许多时候，我们又何尝不是如此，总是急匆匆地向前奔跑，却忽略了那些散落在人生道路上点点滴滴的美好与温暖。直至某天蓦然回首，才惊觉，真正让我们的人生变得有意义的，却恰恰正是那些被我们所忽略的。

02

曾在某本杂志上看过这样一则小故事：

商人坐船到一个小渔村，在码头上遇到一个刚从海里打鱼回来的渔夫。瞧着渔夫船上的几条大鱼，商人很是赞叹，好奇地问道："您每天要花多少时间才可以抓到这么多鱼啊？"

渔夫回答说："一会儿工夫就抓到了。我不用费多大力气。"

商人又问："那为什么你不再多抓一会儿，这样你就可以抓到更多的鱼了。"

渔夫不以为然地回答："这些鱼已经够我一家人一天的生活了，没必要再花费力气去抓那么多。"

商人继续问："那剩余的时间你怎么打发？"

渔夫说："我每天的事情很多啊，睡到自然醒，然后出海抓几条鱼，回去和孩子们玩一玩，再睡个午觉。黄昏的时候到村子里找几个朋友喝点儿酒，再弹会儿吉他。日子非常充实。"

商人听了摇了摇头，并且帮他出主意："我给你出一个主意你可以挣大钱。你应该多花一些时间去抓鱼，然后攒钱买条大些的船。到时候你就可以抓更多的鱼，再买渔船，到时候你就可以拥有一个渔船队。你直接把鱼卖给工厂，这样可以挣更多的钱，然后你还可以开一家罐头厂。这样你就可以离开渔村，到城市里去做有钱人。"

渔夫问："那我要多久才能实现你说的这些？"

商人说："大概十五年到二十年。"

渔夫继续问："那实现这些以后呢？"

商人说："你就会成为有钱人了啊！"

渔夫再问："那再之后呢？"

商人说："再之后你就可以退休了呀！你可以搬到一处海边的小渔村，享受清新的空气，每天睡到自然醒，然后出海抓几条鱼，回去和孩子们玩一玩，再睡个午觉。黄昏的时候到村子里找几个朋友喝点儿酒，再弹会儿吉他……"

渔夫疑惑地说道："我现在不就正过着这样的日子吗？为什么还要花那么多的时间去折腾自己呢？"

03

富兰克林说："时间就是生命，时间就是金钱。"无数人在这句话的激励之下，拼了命地向前奔跑着，日渐习惯了只争朝夕的日子。日复一日，年复一年，让时间与生命都在忙碌中流逝。

然而，在过快的生活节奏下，我们却越来越浮躁，失去了从容淡定的心态，在不安与焦灼之中煎熬。可这真的是我们想要的生活吗？我们总在喊着"快、快、快"，却根本不知道为了什么而"快"，又是要"快、快"地奔赴什么地方。

人生不是一场竞赛，而是一次旅行，真正重要的东西并不在终点，而是一直在路上。别等到了生命的终点，才猛然惊觉，这一生除了疲于奔命之外，记忆中竟不曾留下任何美丽的风景。

TOP 04

世事太难预料，
安静平和，
才能活得繁花似锦

—

　　问题分为两种，一种是能解决的，一种是不能解决的。能解决的问题，我们就去解决。不能解决的问题，烦心也没用。所以，不管面对什么问题，都能安静平和，才能让自己活得繁花似锦。

不要为小事乱了心，我们还有更大的世界

科罗拉州长山的山坡上有一棵百年老树，据说它已经四百多岁了，它曾被闪电击中过 14 次，但却一直安然无恙，历经风霜后，依旧挺拔地矗立在山上。可最终，让它永远倒下的，却是小小的甲虫。

在老树面前，甲虫实在太渺小了，根本没有任何人注意到它们。这一队小甲虫从老树的根部一直朝老树的内部开始咬，竟一点点把它的内里亏空了，伤了老树的元气。结果，这棵挺过岁月的侵蚀，抵抗住雷电风雨的打击的老树，居然就这样倒下、枯萎了，结束了漫长的生命。

生活就好像这棵大树一样，真正能打倒它的，未必是漫长的岁月，未必是狂暴的风雨，而是那些看似毫不起眼，鸡毛蒜皮的小事。

人这一生，会遇到许许多多的事情，如果事无巨细，什么都要去在意，那么即使有再多的精力，也是经不得损耗的。那些鸡毛蒜皮的小事，就好像一只只的小甲虫一样，看

似渺小，却可能在天长日久中一点点侵蚀我们的心。

别总为那些小事轻易乱了心，世界很大，我们的心能容纳更宽广的海洋。

＼01

有一天夜里，一位身份高贵的夫人做了一个梦，她梦见自己的丈夫和一个衣着华丽，头戴白色帽子的女人抱在一起，然后那个女人还趾高气扬地辱骂了她，朝她的脸上吐口水。醒来之后，这位夫人感到十分愤怒，决心一定要找到梦中的这个女人，报复回去。

这位夫人的朋友听说了这件事之后，便规劝她说："不过是一个梦而已，何必放在心上呢？你这不是庸人自扰吗？"

夫人闷闷不乐地说道："虽然只是一个梦，但我从小到大都没有被人这样欺负过。而且，如果世上真的有这么一个人的话，你又怎么知道梦中的事情不会成真呢？总之，我一定要把这个讨厌的女人找出来，哪怕防患于未然也好啊！否则我实在咽不下这口气，或许这个梦还是上天对我的警示呢！"

自从那天之后，这位夫人开始变得疑神疑鬼，由于在梦中她并没有看清楚那个女人的样子，所以只能凭借记忆中女人的穿着打扮和身形来"确定"谁才是这个女人。她充满怀疑地观察着身边的人，朋友、邻居甚至是丈夫的同事。但凡看到谁戴着白色的帽子，或者穿着和梦中女人相似的华服，她就会变得非常警惕，甚至对对方充满敌意。

因为一直没能找到确定的目标，这位夫人变得越来越焦躁，得罪的人也越来越多，久而久之，身边的人便都不愿意和她来往了。毕竟，谁能忍受一个成天对自己虎视眈眈，莫名其妙就对自己挖苦讽刺的人啊！

这位夫人的举动还真是令人哭笑不得，不过一个梦境而已，却让她变得敏感多疑，最终将自己的生活弄得一团糟。

世上本无事，庸人自扰之。生活中的很多事情其实都是如此，原本并没有什么大不了的，也根本不值得我们放在心上，真正对我们造成困扰的，其实并非事情本身，而是我们习惯了将它无限放大，结果自己给自己造成了巨大的压力和烦恼。

✎ 02

人的时间与精力都是有限的，不可能事事都去管。就像一个玻璃罐子，能够容纳的东西是有限的，装入了这个，必然就装不下那个，所以，在把东西装进罐子之前，最好先想想，哪些东西是重要的，必须装进去的，而哪些东西则是无关紧要的，不要装进去浪费宝贵的空间。

生活同样也是如此，如果总让无关紧要的小事乱了心，又哪里还有时间与精力去在乎真正重要的事情呢？

一位作家向朋友抱怨，说自己习惯在夜晚进行写作，但每天晚上，在他奋笔疾书的时候，常常会被公寓走廊照明灯的声响打断思路，他感觉自己就快要疯了，这让他根本无法工作下去。

作家原本想换一个安静的住处，但考虑到自己如今并不宽裕的经济情况，便只能打消了这一念头。

朋友听了作家的抱怨之后，想了想对他说道："我记得上一次我们在露营的时候，你说特别喜欢木柴燃烧时候发出的爆裂声。既然你可以喜欢这个声音，为什么不能让自己试着喜欢上照明灯发出的声音呢？或者你不要去在意它，很多时候，它之所以会对你造成这样大的影响，或许就是因为你太过在乎它了吧！"

朋友的话让作家豁然开朗，是啊，如果无法避免，那么为什么不尝试去喜欢呢？如果喜欢不了，那为什么不试着去忽略呢？说到底，这并不是一件多么严重的事情啊！何必为了一件鸡毛蒜皮的小事让自己烦恼不已，闷闷不乐呢？

03

生活中总少不了会发生一些鸡毛蒜皮的小事，如果事事都去计较，事事都去担忧，那日子该过得多么心累，多么痛苦啊！很多时候，给我们找不痛快的，其实恰恰就是我们自己。如果我们能够学会放下那些鸡毛蒜皮的小事，耸耸肩付之一笑，把目光转到值得关注的事情上，那么我们将会发现，人生其实并没有那么多烦恼。

有一回，俄国沙皇凯瑟琳女皇二世的厨子把饭做坏了，战战兢兢地等待女皇的斥责，但令人意外的是，女皇并没有生气，也没有对厨子横加指责，只让他重新把饭做了一遍。提及这件事的时候，女皇是这样说的："一日有三餐，若是为这种事情生气，那我岂不是每天都得与愤怒相伴了吗？"

罗斯福总统夫人在回忆往事的时候也提过这么一件事儿，她说："我在刚结婚的时候，天天都在担心吃饭的事儿，因为那时候，我的新厨子做饭十分差劲。但很多年以后，再回过头去想想，多么可笑啊。要是事情发生在现在，我哪会去在乎，只会耸耸肩就把它抛诸脑后。"

我们的世界其实可以很大，关键还是在于我们能将心放得有多大。

 没有恰到好处的旅程，只有恰如其分的心情

人们总是向往一场说走就走的旅行，背上包，放下工作，放下生活，走到一个名为远方的地方。但最后真正能踏上旅途的人，却总是少之又少。

如果你问他们，不过就是一场旅行，为何却如此难以成行？

他们或许会告诉你，因为找不到恰到好处的旅程，寻不着恰到好处的时机，总有太多的条件限制了成行，于是便只能一直期盼，却一直停滞。

其实，人生中哪有什么恰到好处的旅程呢？真正有的，只是恰如其分的心情。

我们想要一场旅行，是因为我们向往那种心灵的放松与自由，向往那种可以抛开一切的决心，向往那种对未知的期待和渴望。

但，一场旅行真的就能带给我们这些，满足我们的期待与渴望吗？

其实，答案每个人都知道。如果不能将心弦放松，哪怕远走天涯，我们的灵魂也依然会被层层束缚；但如果能让心灵自由，即使安坐家中，我们的灵魂也能展开双翅，翱翔天空。

01

有两个女孩，她们都很喜欢旅行，曾发下宏愿，要在有生之年走遍祖国的大小河山。

大学毕业之后，一个女孩二话不说，背上背包带上照相机便开始了她的旅行。一开始,她想的是,在工作之前,给自己一段放松的时间,也好在旅行中思考思考人生,寻找到未来的方向。

机缘巧合之下,女孩在旅行中认识了一位杂志编辑,受邀开始给杂志社提供旅行照片和短小的游记。后来,因为文章很受欢迎,女孩有了自己的专栏,她原本短暂的旅行计划也逐渐变成了一场漫长的旅行。

数年之间,她走过了许许多多的地方,拍下了许许多多的照片,并用文字记录下了她遭遇到的所有故事。她享受各地的美食,也曾试过因迷路而食不果腹的生活;她遇见许多给予她帮助的好人,也曾遭遇不少危险和意外;她见识过光怪陆离的大都市,也夜宿过荒凉偏僻的小山村。

整整五年的时间,她的足迹陆陆续续遍布了全中国,如今,她开始计划着下一场更为漫长的旅行——环游世界。

另一个女孩在大学毕业之后,原本也有一个旅行计划,但恰巧家里打来电话,说给她争取到了一个非常好的工作机会。女孩想,旅行,什么时候去都行,更何况现在身上也没什么钱,倒不如抓紧机会,先工作几年,存点儿钱之后再开始自己的旅行计划。

于是,工作,升职,结婚,生子。女孩的人生似乎被一股无形的力量推动着,走上了一条既定的轨道。

这些年，女孩其实也没少出去旅游，过年过节，只要有假期，几乎都会一家人出去玩。有时是跟旅行团，有时是自驾游，但毕竟是全家出游，所以在挑选地方的时候，通常也都是一到节假日就人挤人的各种热门旅游景点。

这和女孩所向往的旅行有着天壤之别，她一直想着，再等等吧，等到工作清闲的时候，就请一个长假。可是工作，哪里会有清闲的时候。她又想，再等等吧，等到钱赚够了就退休，然后就去环游世界……

许多人都曾有过游走世界的梦想，许多人也都曾想过，等到有一天，所有条件都满足了，所有时机都恰到好处的时候，就要去环游世界。可是，人生哪有那么多的恰到好处？梦想不就是在无休止的等待中一点点消磨殆尽的吗？

生命只有一次，今天结束了，便再也无法重来，即使我们还有很多个明天，也永远失去了那些流逝的时光。所以，别让生命在等待中荒废，只要你的心情恰如其分，哪怕安坐家中，也能让灵魂自由漫步。

02

国王在打猎时遇到一个美丽的女子，对她一见钟情，想要迎娶她做自己的王后。

女子对国王说："我愿意做你的妻子，但我有一个要求，我希望每天下午都能拥有一个小时的自由时间，不要问我去哪里或者做什么。"

国王觉得很奇怪，但他太喜欢这个美丽的女子了，于是点头答应了她的要求。

结婚之后，国王和王后感情很好，生活得十分幸福美满。转眼之间，十年的时光就这样过去了，有了王后的操持，宫里宫外都变得井井有条，王后还给国王生下了一双可爱的儿女，一切都是这样圆满。

可国王心中有一件事却始终放不下，他一直很好奇，王后每天下午消失的那一小时，到底都去了哪里，干了什么。看着妻子依旧美丽的容貌，国王甚至萌生了一种想法，难道妻子其实不是凡人，而是森林中的仙女或女巫？

有了这种怀疑之后，国王就再也坐不住了。一天下午，他假装出门打猎，然后又偷偷回来，跟在王后身后。他看到王后回到了森林，她并没有像国王想象中那样变成什么精怪，只是脱下了华服和高跟鞋，像个孩子一样在草地上奔跑，在小溪里玩耍。直到一小时过去了，王后才又变回高贵端庄的样子。

国王这才明白，原来这宝贵的一小时，是王后给自己放的"假"啊。或许正是因为有这么一段可以全然放松身心的时光，所以王后才能一直保持最初的美丽与快乐。

快乐就藏在每个人的心间，只要打开心灵的枷锁，就能收获最纯然的快乐与幸福。当你被生活压得喘不过气时，当你在忙碌与焦躁中疲惫不已时，不妨试着放松一下紧绷的心弦，试着放下困扰心中的烦恼，你会发现，其实，一切烦恼皆是庸人自扰。

03

生命的质量，取决于我们的心态。

只要拥有一颗快乐的心，那么无论何处，便都可以是乐土。

世上从不存在恰到好处的旅程，哪怕规划好了时间、地点、路线，也总会遇到无法掌控的意外，但我们却能拥有一份恰如其分的心情，只要心中有一片晴空，那么人生便处处都是艳阳天。

世界那么大，哪有时间跟烂人烂事絮絮叨叨

心理学先驱威廉·詹姆斯说："智慧的艺术，关键在于知道什么可以忽略。所以天才永远都清楚，不该将什么放在心上！"

人生短短数十载，时间不长，精力有限，只有懂得取舍，明白该在乎什么，该忽略什么，该争取什么，该放弃什么，才能避免浪费，把生命的每一分钟都活得有意义。

有时候，肩上的包袱越重，并不一定意味着我们拥有得越多，相反，过于沉重的负担往往会将拥有变成一种折磨。当疲惫与痛苦填满心间之后，我们又该如何再去感受生命的美好与幸福呢？

所以，在人生的旅程中，一定要记得时常停下脚步，整理整理肩头的包袱，我们要走的路那样长远，我们要看的世界这般广大，哪有时间和精力去和那些毫无意义的烂人烂事絮絮叨叨、叽叽歪歪！

01

有人说，这个世界上，伤你最深的人，往往正是你最亲近的人。这一刻，阿敏深刻地理解了这句话。

在两个月之前，阿敏还是一个幸福的小女人，被许多人羡慕着。拥有年轻有为的丈夫，活泼可爱的女儿，一切都是那样幸福而美满。可就是在这样美好的表象下，偏偏掩藏着令人难以置信的丑陋。原来一直与自己同舟共济的丈夫，早就背着自己和一个年轻貌美的女大学生出轨了。

刚知道这个消息的时候，阿敏如遭雷击，但心中依旧还是存着一线希望。没想到的是，阿敏却连与丈夫当面对质的机会都没等到，丈夫就和那个女人一起远走高飞了，没有留下任何音讯。

整整两个月，阿敏联系了所有认识丈夫的人，却没有找到他的半点儿踪迹。每一天，阿敏都过得浑浑噩噩，受尽煎熬，但内心深处却依然期盼着，也许有一天丈夫突然就回来了，笑着告诉她一切只是个过分的玩笑。

然而最终，现实还是给了阿敏最残酷的一击——在两个月漫长而痛苦的等待后，阿敏收到了丈夫从三亚发来的，一封已经签了名的离婚协议书，以及一条不长不短的微信，内容无非就是劝说阿敏离婚，结束这段所谓"貌合神离"的婚姻。

阿敏最终还是签字离婚了，不签又能怎么样呢？人家现在已经在千里之外双双对对，自己还能怎么样？

离婚之后的阿敏仿佛一瞬间失去了所有的希望，她向公司请了长假，整天都躲在家里不肯见人，就连女儿也送到了父母家。她就这样像游魂一般地过了近一个月，直到某天起来，突然看到镜中那个苍白憔悴、眼角有着细纹的女人，阿敏大惊失色，这是自己吗？自己怎么会变成这个样子？自己不过也才三十多岁，人生正是最好的年华，怎么会活成这个样子啊！

　　阿敏意识到，自己不能再这样下去了，否则整个人生就真的完了。她开始反省这段时间自己的生活状态，并在心中不断质问自己：为了一个背叛自己，抛弃自己的人而折磨自己，甚至忽略最爱的女儿，这样做真的值得吗？这种浑浑噩噩的生活难道就是自己想要的吗？自己在这里痛苦沉沦，难道能改变什么吗？不，根本不能！自己的痛苦与沉沦，不过是让亲者痛，仇者快罢了。

　　想通了这些事情之后，阿敏努力收拾好自己的心情，把女儿接了回来，并去公司销了假。她不再自怨自艾，也不再去想从前的那些事情，有时间的时候就逛逛街、充实充实自己，周末就带着女儿去爬山、游泳、逛书店……

　　阿敏就如同涅槃重生的凤凰一般，在经历了生活的痛苦与煎熬后，终于再次找回了自己的幸福。走出婚姻失败的阴霾之后，阿敏才发现，原来世界那么大，没有谁离了谁便活不了，没有什么改变是无法接受的，生命如此宝贵，哪能将时间浪费在那些不值得的人与事上呀！

　　人生在世，总会遇上这么几个人渣，你可以选择无视他们，把自己的日子越过越精彩，你也可以一直沉沦在痛苦中，让生活时刻笼罩阴霾。可你要记住，如果你选择后者，你所耗费在那些烂人烂事上的时间与精力，可就全都白白浪费掉了，你是得不到任何回报的。所以，那些不值得的人与事，该放还是放下吧，只有放下了，你才能真正放过自己。

02

刘晋的人生倒霉透顶，出身贫寒，年幼丧父，母亲身体又不好，小小年纪就靠给人擦皮鞋、做报童来帮补家用。刘晋不怕苦也不怕累，可不管他付出多少努力去生活，却都总是会因为各种各样的"运气不好"而最终一事无成。

如今，已经年届40的刘晋依旧孑然一身，还背负着一笔不少的负债，自从两年前母亲去世之后，刘晋就仿佛失去了生活的意义一般。有时候，刘晋也会想，自己这一辈子，是不是就只能这样糟糕地过下去了。

就在刘晋人生最黑暗的时期，一次偶然参加的演讲会改变了他的命运。那天，百无聊赖的刘晋被朋友拉着一块去听一个演讲，在演讲会上，那位演讲者突然拿出一张百元大钞，笑着问众人："你们喜欢这张钞票吗？"

坐在前排的刘晋率先大声回答道："当然喜欢了！谁会不喜欢钱啊！"

演讲者笑了，举起手里的百元大钞，用力攥在手里揉了一通，然后又举着被蹂躏得皱皱巴巴的百元大钞继续问道："那现在，你们还喜欢它吗？它已经不新了，被揉得又破又皱。"

刘晋笑了起来："喜欢啊，你嫌旧就给我呗！"

演讲者点点头，狡黠地笑了笑，突然把皱巴巴的百元大钞丢在地上，狠狠地踩了几脚，然后又捡起又脏又旧的钞票，看向刘晋问道："现在它不止又破又皱，而且还被踩脏了，你依然还是喜欢它吗？"

刘晋皱了皱眉，依旧坚定地回答道："当然喜欢了，这是钱啊，弄得再脏再旧，它的价值也不会有任何改变！"

听到刘晋的话，演讲者笑了起来："是的，人就是这样，如果你的价值是一张百元大钞，那么即使生活把你蹂躏得又脏又旧，你的价值也依然不会有任何改变。真正能决定你个人价值的，只是你自己本身，那些烂人烂事是根本无法影响到你的生活的。"

这些话让刘晋豁然开朗，原本已经开始自暴自弃的他很快就重新找了一份工作，继续为自己的人生而努力。现在，45 岁的他已经拥有了自己的公司，还有了一位温柔贤惠的太太，和一个聪明活泼的儿子。每每想到从前的事情，刘晋都万分庆幸，自己没有因为那些烂人烂事就自暴自弃，否则一辈子大概都只能在绝望与痛苦之中沉沦了。

人生在世，总会遇到些人渣，惹上些烂事，重要的是，在遭遇这些"倒霉东西"之后，我们是否能继续勇敢地向前走，潇洒地和过去说再见。世界这么大，生命那样宝贵，别再浪费时间和那些不值得的人与事纠缠不清了。幸福，永远只会在当下。

 好的坏的都收下，然后坦然生活

有了沟壑的幽深，才能显出山川的高昂；有了夜晚的漆黑，才能显出白昼的光明；有了冷，我们才能明白什么暖；有了悲伤，我们才能体会什么叫幸福。

世上的一切均是如此，有好的，自然也会有坏的，有平安顺遂，自然也少不了危险挫折。这便是生活，不可能万事如意，但也不至于一黑到底。无论是好的还是坏的，不需过多欣喜，也不必过分悲伤，尽数收下，坦然生活，便能收获心灵的快乐与安宁。

＼01

童话大师安徒生曾写过一个名为《老头子总是不会错》的故事：

乡村里生活着一对清贫的老夫妻，他们想将家中唯一值钱的马拿去集市换些更有用的东西。

一大早，老头子就牵着马去赶集了，他先是用马和别人换了一头母牛，然后在拉着母牛回去的过程中，又用母牛和别人换了一只山羊，走了没几步，他瞧见有人抱着一只肥鹅，又把山羊换成了肥鹅，再后来，他又瞧中一只母鸡，结果就用肥鹅换了别人的母鸡，到最后，他又把这只母鸡换成了一袋烂苹果。

每一次的交换，老头子都很开心，想着一定能给老伴一个惊喜。

回家途中，他扛着苹果在一家小酒馆休息，认识了两个外乡人，闲谈中便把自己赶集的经历给这两个外乡人说了。外乡人听了老头子的话后大笑起来，觉得这老头子真是太愚蠢了，回去铁定得被老伴愤怒地揍一通。老头子却不这么认为，他自信满满地告诉这两个外乡人，老伴一定会很高兴的。于是，这两个外乡人拿出了一袋金币，要和老头子打赌，老头子兴致勃勃地同意了，带着这两个外乡人一块回了家。

见到老头子回来，老伴开心坏了，兴奋地听着老头子给她讲赶集的经过。

出乎意料的是，听到老头子讲述的事情，老伴居然真的没有生气，还一直都表现得很高兴，不时还兴奋地感叹着：

"哦，奶牛真棒，我们以后可以喝牛奶了！"

"啊，羊奶也是非常不错的！"

"嗯嗯，鹅毛真的很漂亮！"

"是的，我也非常喜欢鸡蛋！"

到最后，听到老头子最终背回来的是一袋烂苹果之后，老伴又笑嘻嘻地大声说道："真好！那就让我们今晚来做苹果派吧！"

最终，两个外乡人目瞪口呆地输掉了一袋金币。

故事中的老太太可真是个睿智的人啊。一匹马最终却换了一袋烂苹果，不管是谁，恐怕都要被气得跳脚了。然而，事已至此，一切都已成定局，不管再怎么气愤，这袋烂苹果也变不成一匹马了。所以，既然已经无法改变，为什么不坦然接受，再试着从中给自己找点儿乐趣呢？

拥有一颗豁达的心，即使日子清贫，也能品出几许妙趣横生；拥有一个淡薄的心态，即使遭遇失败，也能从中收获几分怡然自得。

02

徐志摩说"得之我幸，失之我命，如此而已。"

人若能做到如此，无论遭遇什么，必然都能从容以对，享受云卷云舒的惬意，坐观花开花落的安宁。

尤利乌斯是名画家，为人十分乐观豁达。有一段时间，他的画卖得非常不好，虽然他偶尔也会感到悲观失望，但这种负面情绪总是很快就能过去，他始终很享受画画给他带来的快乐，哪怕这份"职业"的收入确实让他头疼。

一天，尤利乌斯的朋友建议他说："要不你试试足球彩票？若是运气好，你只要花 2 马克就能赢得不少钱呢！"

结果，尤利乌斯的运气真的好，而且是好极了，他只花了 2 马克，就幸运地为自己赢得了 50 万马克的巨款。

尤利乌斯非常开心，拿到钱就给自己买了幢别墅，并费尽心力地装饰了一番，花光了所有的钱。

尤利乌斯的别墅可真是漂亮极了，他本就是个极有品位的艺术家，又十分乐于做这件事，很快就为自己拾掇出了一座理想的小别墅。他非常喜欢自己的这幢新房子，一有空就会坐在柔软的地毯上一边抽烟一边画画。

结果，不幸的是，一次意外，尤利乌斯出门访友时，他随手丢在家里的烟头引起了火灾，整幢别墅付之一炬。

朋友们听说之后都纷纷赶来安慰尤利乌斯，这可是价值几十万马克的别墅啊，就这么没了，得有多么伤心！

可没想到的是，尤利乌斯脸上却没有多少伤痛的表情，他笑着说道："有什么关系呢，我不过只是损失了 2 马克而已。"

是啊，很多人都忘记了，一开始，尤利乌斯只是付出了 2 马克而已。

虽然尤利乌斯不拘小节的做法不是那么可取，但他乐观豁达的心态却是值得我们学习的。不管在什么样的情况下，我们都不应过分看重得失，保持一颗平常心，人生自然就能轻松快乐许多。

03

人生中有太多的事情都不会因我们的心意就有所改变，尤其是那些已经发生，并且尘埃落定的事情，我们欢喜它不会增色一分，我们悲痛它也不可能重来一次。既然如此，那么与其愁眉苦脸、悲痛欲绝，不如喜笑颜开、坦然接受。

在这个世界上，大多数人所遭逢的幸运与不幸其实都是相差无几的。每个人都有属于自己的幸福，但同样的，在幸福的背后，每个人也都有着深藏于心的痛苦与无奈。人生就是这个样子，不可能永远只有欢声笑语，但也不会始终被阴云所笼罩。

不管什么样的日子，都能品出独特的味道。好有好的活法，坏有坏的乐趣，重要的是我们的心是否能够坦然接受一切生活的馈赠。

抵得住诱惑，才能握得住命运

在物欲横流的世界，最危险的东西往往也最美丽，它的名字就叫作诱惑。诱惑就像一朵有毒的花，它芳香迷人，总是出现在你触手可及，却其实危险重重的地方，若是一不小心沉迷其中，或许不会立即致命，但它将会逐渐侵蚀掉你生命的光辉。

人，一定要抵得住诱惑，只有抵得住诱惑的人，才能真正掌控自己的命运，最终走到自己所梦想的地方。

01

贪婪是人类最大的原罪，它会让人丧失理智，在诱惑的指引下迈入罪恶的深渊。不懂节制的贪婪是毒，终究会将人诱入万劫不复。

一个冒险家在无意中找到了一张藏宝图，并在藏宝图的指引下找到了神秘的宝藏。看着那一箱箱亮闪闪的金子和宝石，冒险家几乎喜极而泣，寻宝路上所遭遇的一切危险和困难在这一刻似乎都值回了票价。

早在决定来寻宝的时候，冒险家就已经准备好了好几个大口袋用来装值钱的东西，如今如愿找到宝藏，自然是毫不客气地将这些口袋全部装满。就在他准备离开的时候，突然看到墙壁上写了八个字：适可而止，知足常乐。

冒险家并未在意，毫不犹豫地扛着装满金子和宝石的口袋走向了藏宝图上所标注的下一个地点，他想：这里应该会有更值钱的东西吧！

两个藏宝的地方距离并不远，但由于肩头的袋子太过沉重，冒险家一路都走得极为辛苦，可即使如此，他也没舍得丢下一块金子。很快目的地就到了，在这里，冒险家找到了更多的金子和宝石，他兴奋地拿出第二个空袋子，依然一块也没落下地将所有的金子和宝石都装了进去。离开之际，他又瞧见墙上写着一行字：在此止步，你会得到更宝贵的东西。

冒险家只是瞥了一眼就离开了，毫不犹豫地朝着藏宝图上所标注的第三个地方走去，他想：下一个地方的金子和宝石一定比这里还要更多！

果然如冒险家所想，这一回他找到的，是满满一箱钻石。冒险家兴奋极了，眼睛里冒着贪婪的光，一把一把地将钻石放到自己的口袋里。在装完钻石之后，他突然发现，下头居然有一道小门，冒险家几乎想也没想就打开了那道门。

结果，那道小门的背后却没有冒险家所以为的更值钱的宝藏，而是一片流沙。装满了金子、宝石和钻石的袋子沉重地压在冒险家肩头，他几乎还没开始挣扎，就和他的财宝一起，被流沙所吞没了。

在通往死亡的道路上，冒险家曾收到了两句忠告，然而，人性的贪婪却让他始终执迷不悟，最终将自己送入了万劫不复之地。如果他能抵得住诱惑，懂得适可而止的道理，或许现在已经成了生活无忧的富翁，而不是被埋在冰冷的沙子下头了。

02

诱惑披着美丽的外衣，内里却是腐朽的。许多人被那层美丽的皮相所迷惑，深陷其中后才会发现其真实的面目。要知道，诱惑所能带来的快乐是短暂的，短暂的快乐过后，等待我们的，或许就是长久的悲哀与折磨。

所以，别为了那短暂的欢愉而丢掉长久的快乐，拒绝了诱惑，你将得到更宝贵的东西。

李茉家境贫寒，连上大学的钱都是父母东拼西凑借来的。大学毕业之后，李茉进入了一家小公司，虽然公司规模不大，薪水也不算太高，但发展前景却是不错的，李茉对这份工作十分满意。

李茉长相不俗，虽说不算顶尖儿的好看，但自有一种清新纯净的气质，在一众时尚靓丽的女孩中倒也显得有些特别。正是因为这种特别，让文峰一眼就看上了她。

文峰是李茉所在公司的一位大客户，很有本事的一个人，年纪轻轻就已经有了自己的公司，在圈子里也算是排得上号的人物。因为公司的业务往来，文峰和李茉接触过几次，对这个女孩颇有好感，便想着要和她发展发展。

文峰是个行动派，有了想法之后就立即对李茉展开了追求的攻势。在文峰看来，想要搞定一个李茉这样的女孩并不是什么难事，毕竟他个人条件就摆在那里，妥妥的一个钻石王老五，简直就是万千少女的理想对象。

可是，出人意料的是，李茉对文峰却十分冷淡。文峰送她的昂贵礼物被她尽数退回，对她发出的邀请只要和工作无关便一概拒绝，就连一天一束拒绝不掉的玫瑰花，李茉都能微信给文峰转账把花钱付了。

李茉的拒绝让文峰大受打击，也让他开始逐渐对李茉产生了更多的好奇。一开始，他追求李茉确实更多是心血来潮，感情什么的还真没多少。但现在，随着他对李茉的了解，他发现自己似乎真的对这个女孩动了真心。李茉和文峰从前遇到的大多数女孩都不一样，她严谨自律，看淡名利，虽然贫穷却从不会因此而自卑，虽然有"走捷径"的资本却从来不曾放弃过努力。当其他女孩在逛街、泡吧、打扮的时候，她却在看书充电，提升自己。

渐渐地，文峰越来越被李茉所吸引，他收起了从前追女孩子的那一套，不再给李茉送花送包请客吃饭，而是将礼物变成了一本本的书，这些书并不昂贵，十几二十块就能从书店买到，但每一本都是精挑细选的。他还和李茉一块参加了书友会，和她一起讨论某本书中的情节，某段文字的写作方法。

在李茉终于被打动，接受文峰求婚的那一天，文峰好奇地问她："为什么当初我追你的时候你那么冷淡？我觉得我条件很不错啊，换成其他女孩早就高高兴兴地接受了吧。"

李茉淡然地笑着说道："因为那时，我想要的是伴侣，而你想找的，只是女朋友。道不同不相为谋啊！"

03

人只有得到自己真正想要的东西，过上自己真正渴望的生活，才可能生出长久的满足感，获得长久的幸福与快乐。然而，很多人却都不懂这个道理，抵抗不住美丽的诱惑，为了一时的欢愉而失去了真正的理想与渴望，追悔莫及。

诱惑能够带给人的快乐是短暂的，即使我们会因它的美丽而暂时沉迷，但醉生梦死也总有清醒的时刻，等到了那个时候，即使你清楚自己失去了什么，也未必再有弥补的机会了。

这世间美好的东西实在太多，而我们的生命却是有限的，没有任何人可以拥有一切，什么都想要的人，最终的结果只会是什么都得不到。所以，我们必须学会选择，也必须学会放弃。选择那些真正渴望的，放弃那些即使美丽，却并非我们所求的。

别急，最重要的东西，也许都会迟来一步

人们总是惧怕等待，确实，等待的日子是难熬的，你永远不知道自己所等待的是否真的会来，也许下一刻便能如愿以偿，但也可能耗尽一生也无法得偿所愿。所以，比起等待，人们更愿意去寻找，去将就，殊不知，那些真正重要的东西，都是值得我们去等待的。

席慕蓉说："为了与你相遇，我在佛前求了五百年。"

于是，五百年的沉淀与等待，让那棵"开花的树"住进了无数人心中，谱写了一曲如痴如醉、如梦似幻的爱情乐曲。

那些最重要的东西，也许总会迟来一步，唯有经得起等待的人，才有资格真正得到它们——比如爱情，比如胜利，比如幸福。

⟍ 01

那是 1991 年的初夏时节，时任中国作协主席的铁凝去探望著名的女作家冰心。那一年的冰心已经 90 岁，而铁凝也已经 34 岁。这两位同样优秀的女性，进行了一番非常深刻而有趣的对话：

冰心问铁凝说："你现在有男朋友了吗？"

铁凝回答："还没找呢。"

冰心却笑着告诉她："你不要找，你要等。"

或许正是因为记住了冰心老人的话，铁凝的爱情与婚姻一等就是16年。

2007年4月26日，已经50岁的铁凝与中国著名经济学家华生结为秦晋之好，这个消息在当时轰动了整个文坛。对于这段迟到许久的婚姻，铁凝却是相当满意的，在提及自己的丈夫时，铁凝说道："他是我一生可以相依为命的人。我喜欢相依为命这个词。爱情是无法言说的，所谓爱情就是当它到来的时候，其他的一切都将落花流水。"

单身了50年，几乎所有人都以为铁凝不会步入婚姻的殿堂，可她却等到了华生，并与之结为伉俪，为这段迟到的缘分染上了些许传奇的色彩。每每回想起34岁时和冰心的那场对话，铁凝都感触甚深，她说："一个人在等，一个人也没有找，这就是我跟华生这些年的状态。我说对爱情要有耐心，当然期望值不必过高，但不要让希望消失，我想是这样。永远不要放弃自己的期待。"

因为耐得住寂寞的等待，因为从不曾放弃对爱情的期待，于是铁凝等到了与之共度一生的华生。他们曾一起携手去过江苏的金山寺，在那里看到一块匾，上头刻着四个字：心喜欢生。意思就是说，心中喜悦了，欢乐便会生出来。他们一起在苏州的山塘街听评弹《钗头凤》，为陆游和唐婉的爱情唏嘘不已，紧握的手，相望的眼，在茫茫人海中，这两个都已经不年轻的人找到了自己的灵魂伴侣，这是一份值得等待半生的爱情与幸福。

虽然来得迟了些，但铁凝的爱情无疑是令人羡慕的，就好像生活中所描绘的那般："于千万人之中遇见你所遇见的人，于千万年时间的无涯的荒野里，没有早一步，也没有晚一步，刚巧赶上了，那也没有别的话可说，唯有轻轻地问一句：噢，你也在这里吗？"

02

这是一个人心浮躁的年代，对于一颗颗躁动不安的心来说，等待本身就是一种煎熬。未知是令人恐惧的，于是，为了摆脱恐惧，越来越多的人逼迫着自己不断前行，硬生生忽略心底最真实的呐喊。也越来越多的人学会了妥协和将就，将日子过得了无生趣。

29岁，这对于一个女人来说，确实不算年轻了。朋友告诉她，女人在过了20岁之后便会逐年贬值，一过30岁那就压根儿不值钱了。可男人不同，过了20岁之后，男人却是开始逐渐升值的，等到30岁，年纪不大，事业稳定，成熟稳重，男人便该步入他们的黄金年龄和全盛时期了。所以，女人嫁人一定要趁早，一旦贴上"剩女"的标签，那就连挑选的余地都没有了。

她很优秀，聪明有能力，收入高工作好，长相漂亮身材高挑，出身也算是书香门第。她对爱情曾经是抱有很多幻想的，或许正是因为期待过高，所以她始终没找到那个理想中的伴侣，一蹉跎，就差不多要迈入30岁的门槛了。

终于，她还是慌了，看着身边的朋友结婚生子，组建家庭，孤家寡人的她终于和大多数人一样，踏上了相亲的漫漫征途。最夸张的一次，她曾一个星期之内参加了9场相亲宴。有时候她都感觉，自己不像是去挑老公，倒像是去菜市场买白菜，当然，她自己也是一棵等待别人挑选的白菜。

在屡次的相亲失败中，她的标准降得越来越低。一开始想找到有共同话题，能聊得来的爱人，到后来，基本上只要个人条件过得去的她都不介意处一处；一开始想找到看得顺眼，能够来电的伴侣，到后来，基本上五官端正她都可以将就一下。

经过不懈的努力和不断降低的标准，她终于踩着30岁的门槛把自己变成了一名已婚妇女。丈夫是个中规中矩的人，在事业单位上班，收入过得去，长相不算难看，有些呆板无趣，但也没有什么不良嗜好。

婚后的生活没有什么好，但也没什么不好，就像突然有了个人和你搭伙过日子。有时想一想，其实她也不明白，为什么自己这么着急要结婚，而结婚似乎也并没能带给她多少幸福感或满足感。

35 岁的那一年，她因为工作认识了一个男人，他是个归国华侨，比她大一岁，单身未婚。那一刻，她突然明白了怦然心动是一种怎样的感受，他们相处时候的默契与舒服，是她前半生从未体会过的感受。但那时候，她不仅有了丈夫，还有了一个 4 岁的儿子。

那一年，她恋爱了，同时也失恋了。那一年，她偷偷在日记本里写下了一句："恨不相逢未嫁时。"

每当午夜梦回，与丈夫相顾无言之际，她都会在想，如果当初自己不曾那样着急，那样将就，那么，是不是会有机会遇到一段爱情，并拥有一段爱情呢？

那些美好的东西，有时总是会迟来一步，若是经不住那些等待的时光，那么最终，我们便注定只能得到将就与遗憾。

 宠辱不惊，宁静致远，命运自有安排

人这一辈子总会遇到许多事，有好事也有坏事。好事降临时，自是处处春暖花开，人人阿谀逢迎；而坏事降临时，自然难免凄风苦雨，门庭冷落。但不管是春暖花开还是凄风苦雨，不管是阿谀逢迎还是门庭冷落，不过都是人生的寻常际遇罢了，只有懂得以坦然的心态来接纳这一切，我们才能真正获得内心的安宁与平静，做到宠辱不惊，宁静致远。

人生就像一条波浪线，免不了跌宕起伏，有攀爬高峰的机会，也有坠落深渊的时刻。谁都无法永远好运，同样，谁也不可能一辈子倒霉。有褒有贬，有毁有誉，有荣有辱，人生在世，皆是如此。

01

宠辱不惊是一种品格，更是一种处世的智慧。古往今来，但凡是那些能够取得大成就的人，无一不具备宠辱不惊的高贵品格。也正是因为拥有这样的好心态，这些人才能屡屡从低谷中崛起，在绝境中保持希望，最终历经千难险阻，成就属于自己的辉煌与荣光。

美国实业家菲尔德先生就是这样一个宠辱不惊的人。

19世纪中叶的时候，菲尔德曾率领他的船员和工程师们，用海底电缆把"欧美两个大陆联结起来"。因为这一功绩，菲尔德被誉为"两个世界的统一者"，并一举而成为美国最光荣、最受尊敬的英雄。

然而，幸运女神并未一直眷顾菲尔德。因为一次意外，海底电缆技术发生了故障，导致刚接通的电缆传送信号中断，人们的生活和工作都受到了极大的影响。几乎就在顷刻之间，人们把所有的怒火都发泄到了菲尔德这个"国民英雄"的身上，曾经的赞辞颂语变成愤怒的波涛，无数人都指着菲尔德，骂他是"骗子""失败者"。以往他收获了多少荣光，如今便要承受多少诋毁。

事实上，在这件事情上，菲尔德完全就是个受害者，这些意外又与他何干呢？但很显然，人们需要一个人来承担无处发泄的怒火，而作为这一伟大工程的负责人，菲尔德注定要承受这一切的过错，成为千夫所指的"罪人"。

令人惊讶的是，即使面对如此悬殊的宠辱逆差，菲尔德也没有丝毫地动摇或辩解，而是始终泰然自若，对那些恶劣的批评置若罔闻，一如既往地坚持着自己的事业。经过 6 年的不懈努力，海底电缆最终成功地架起了欧美大陆的信息之桥，菲尔德也重回"神坛"，恢复了英雄的荣光。

世上有许多事都是难以预料的，今天高高在上，明天便可能跌入尘埃，唯有做到坦然接受，宠辱不惊，才能等到否极泰来。就像菲尔德，若在万千诋毁中失去了信心和希望，又哪还有机会绝地反弹，成就再一次的辉煌！

02

人活得好不好，开不开心，关键在于心态而非环境。心态好的人，无论身处何种境地，都能过得自在从容；而心态不好的人，哪怕坐拥金山银山，也难免患得患失。

皮特从加州某大学毕业之后，被美国冬季征兵活动选中，成了最危险的海军陆战队的一员。在得知这个消息之后，皮特一度非常紧张，每天都过得忧心忡忡。皮特的父亲发现了他的异样，决定和他聊聊天。

一天，父亲把皮特叫到身边，对他说道："儿子，其实你没必要这样担忧。到了海军陆战队之后，你或许会被留在内勤部门，当然也可能是分到外勤部门。可如果你能分到内勤部门，就完全用不着去担惊受怕了，那些工作都是很轻松的。"

听了这话，皮特并没有感到放松，而是忧愁地说道："可爸爸，去哪个部门也不是我自己选的啊！要是我不幸被分配到了外勤部门可怎么办？外勤部门不仅需要出去作战，而且所面对的环境也是非常恶劣的。"

父亲笑着说："那也没关系。即使去了外勤部门，你还是有两个选择，一个是留在美国本土，另一个是分配到国外的基地。如果你能留在美国本土，那跟待在家里也没有什么分别，有什么好担心的呢！"

皮特皱眉问道："那要是不幸去了国外呢？"

父亲想了想说道："即使如此，你还是有两个机会。第一个，被分配到和平而友善的国家；第二个，被分配到海湾地区。如果是前者，那么爆发战争的概率是很小的，约等于零，那就什么事情都不会有。"

皮特更着急了，嚷道："那我要是不幸去了海湾呢？那不就完蛋了么？"

"即使去了海湾，如果能留在总部，而不是上前线，也不会有事。"

"那我要是不幸上前线了呢？万一我还受了伤，那以后可怎么生活啊？"

"受伤也分程度的。也许只是轻伤，根本无碍的。"

"那万一不幸身负重伤呢？"

"那很简单，要么保全性命，要么救治无效。如果能保全性命，还担心什么呢？"

皮特最后问道："天啊，那要是救治无效，我可怎么办啊！"

父亲听完，突然大笑起来："那就更简单了。你人都死了，还有什么可担心的呢？"

03

当我们无法违抗命运的安排时，那么只有两种选择：要么在痛苦与担忧中以泪洗面；要么在淡泊和宁静中接受一切。无论你选择哪一种，唯一不变的是，你该经历的事情始终要去经历，你得面对的痛苦依然还是得面对。

心随境转是凡夫，境随心转是圣贤。许多事情，究竟是好是坏，不过就在一念之间。就像那带着刺的玫瑰，有的人看到刺上的花，有的人却只注意花下的刺，玫瑰还是花下的刺，不同的不过是人的心境与态度罢了。

人生在世，不可能事事顺心如意，但命运同样不会关上所有的门，哪怕身处逆境，也总能找寻到希望的微光，重要的是，我们是否能够保持一颗平常心，无论何时何地，都做到宠辱不惊，宁静致远。尽力尽力，无愧于心即可，其他的命运自有安排。

 ## 无惧岁月，人生当活得繁花似锦

"总希望，二十岁的那个月夜，能再回来，再重新活那么一次。然而，商时风，唐时雨，多少枝花，多少个闲情的少女，想她们在玉阶上转回以后，也只能枉然地剪下玫瑰，插入瓶中。"这是席慕蓉《千年的愿望》，也道尽了无数人心中的渴望与憧憬，让每个读到或听到此诗的人都为之而动容。

无论于谁而言，岁月都是可怕的敌人，它带走了美好的青春，让生命之花在时间的流逝中日渐枯萎。漂亮的面庞终会爬满皱纹，挺拔的身躯也将日益佝偻。岁月从不会因谁的哭喊而停留，它总是这样无情，不带一丝一毫的怜悯。

然而，岁月的可怕又何尝不是因为我们自己内心的软弱呢？若能不惧岁月，那么无论人生的哪一个阶段，其实我们都能依旧活得繁花似锦。

＼01

阿玉45岁的时候依然是个优雅的女人，穿着入时，打扮得体。虽然已经不年轻了，两鬓也染上了些许霜华，但即使如此，但凡见过阿玉的人，都不会认为她不美。

年轻时候的阿玉就是个光彩照人的女子，每天都喜欢把自己打扮得漂漂亮亮的。随着时间的流逝，当阿玉渐渐不再年轻时，她也曾为青春的逝去而感到过不舍与悲伤，她也曾恐惧过岁月的无情，为自己的日渐衰老而感到痛苦不已。直到有一天，她在广播中听到了这样一句话：女人可以优雅地变老。那一瞬间，阿玉只觉茅塞顿开。

爱美之心，人皆有之，无论男人还是女人，都希望自己能够永远都是美丽的，然而，青春永驻毕竟只是一个美好的幻想，谁也逃不脱生老病死的规律。

但，美丽并非只有一种形态，即使失去了青春的加持，我们也可以让自己用另外的方式来呈现别样的魅力。

想通这些事情之后，阿玉便不再为年龄的增长而感到苦恼了，她比从前活得更加从容而鲜活。她开始留意，穿更适合自己年龄的衣服，梳更适合自己气质的发型，同时也寻找更能体现自己优势的妆容。她不再为增添的皱纹而感到忧心，也不再因突然出现的白发而悲伤，她开始为自己的生活添加色彩，读优秀的书，看精彩的电影，听悦耳的音乐。

在岁月的打磨下，阿玉的容貌虽然失去了青春的娇美，但整个人却由内而外地散发出一种优雅的气质，举手投足之间，都自然而然流露出一种成熟而安宁的风韵。她不再年轻，却依旧美丽。

当我们不再惧怕岁月的流逝时，便能将人生的每个阶段都活得繁花似锦。容颜总会有老去的时候，身材也难免走样的一天，但心灵与生活的沉淀，却会让我们拥有更丰富的内涵，更精彩的故事。无论多大年纪，只要你愿意，你都能够以最美好的姿态出现，你都能活出最精彩的样子。

＼02

在《情人》的开篇，杜拉斯这样写道："我已经老了，有一天，在一处公共场所的大厅里，有一个男人向我走来。他主动介绍自己，他对我说：'我认识你，永远记得你。那时候，你还很年轻，人人都说你美，现在我是特地来告诉你，对我来说，我觉得现在你比年轻的时候更美，那时你是年轻女人，与你那时的面貌相比，我更爱你现在备受摧残的面容。'"

17岁之前，赵雅芝从未想过自己有一天会踏入演艺圈，成为一个明星。那时候的她和很多年轻女孩一样，想要穿上漂亮的制服，想要环游世界。因此，当听说有航空公司在招聘空姐的时候，赵雅芝毫不犹豫地报了名。

后来，香港无线电台举办了首届香港小姐选举活动，长相出挑的赵雅芝报名参加了这一活动，并获得第四名的好成绩，由此正式展开了她的演艺之路。《上海滩》《楚留香》等一系列红遍中国的电视剧中，都出现了赵雅芝优雅轻盈的身影，她的演技也同样可圈可点，征服了大批的观众。

真正将赵雅芝的事业推上巅峰的是《新白娘子传奇》，这部电视剧让优雅美丽的白素贞成了人们心中永恒的经典。很多人可能都不知道，在出演白娘子这一角色的时候，赵雅芝已经38岁了，但在荧幕上，优雅美丽的白娘子，一举手一投足，依然有着颠倒众生的魅力。这是一种由内而外的优雅与内涵，即使是岁月，也无法抹杀它分毫。

有人将赵雅芝称为"永不凋谢的玫瑰花"。确实，她的美不仅仅只在于外表，而是一种由内而外散发出的优雅与内涵。她就像美丽的西湖一般，无论何时出现，都能让人感觉到一种温婉娴静的美好。

在一次接受采访的时候，赵雅芝就说道："美丽，就是一种平和、自然的心态。"当你能够以这样一种心态来面对岁月，不惧流年的时候，你便永远也不会在岁月中凋零。心若年轻，生命便永远不会老。

03

三毛说："人之所以悲哀，是因为留不住岁月，也无法不承认，青春终有一天会消失而去。人之所以可贵，也在于随着时光环境的改变，在生活中得到长进。"

对于有些人来说，岁月是伤害。它带走了娇美的容颜，带走了灿烂的青春，在每个人脸上都划下一道道丑陋的痕迹，将乌黑的头发变成一片花白。

但对于有些人来说，岁月却是馈赠。它让人们褪去青涩，破茧成蝶，它为人生增添一笔笔鲜艳的色彩，留下一个个精彩的故事，它让人变得更加丰富，让人变得更加优雅，增长人的见识，磨砺人的意志，升华人的灵魂。

当你惧怕岁月时，岁月带来的便是伤害；当你坦然接受岁月时，岁月带给你的便是馈赠。一切皆是看你自己的内心罢了。

20 岁可以活成娇艳的鲜花；30 岁可以沉淀细腻的文字；40 岁跳动优雅的华尔兹；50 岁吟咏满含风韵的诗歌；60 岁便酿出了充满沉香的红酒……无惧岁月，不拒流年，人生的每一个阶段都能活得繁花似锦。

 琐事犹如鞋里的沙砾，倒出来才能走得远

有人说，真正让人感到疲惫的，不是脚下的高山和漫长的旅途，而是自己鞋里的那颗小沙砾，只有将它倒出来，我们才能让自己走得更远。

生活也是这样，真正阻碍我们前行，磨尽我们耐性的，不是命运的跌宕起伏，也不是从天而降的大悲大喜，而是那些渗透在生活方方面面的琐事，那些琐事就像鞋里的沙砾一般，看似微不足道，却常常让人痛苦不堪、烦恼不已。

早上挤公交时不小心被人踩了脚，上班途中赶时间却偏偏遇上堵车，终于挨到下班想好好休息却又爆了胎，拖着疲惫的身躯来到家门口才发现钥匙忘了拿……正是这些看似平常的小事，总在一点点磋磨我们的耐性，腐蚀我们的心灵。若不能学会排解苦闷，用平和的心态来看待这些琐碎事，那么终有一天，堆积于内心的小小苦闷终会成为压在我们心头的巨石，一点点拖垮我们的生活。

\ 01

小苏想学熬汤，于是便找了热心的邻居陈太太来做指导，陈太太欣然答应，并迅速给小苏列出一张清单，把熬汤需要的材料都细细写上。

到了周末，小苏买齐了材料，正准备烧水的时候，陈太太却突然说："啊呀，这个不锈钢锅不适合熬汤，我还是去买一个陶锅吧，熬出来的汤味道会更鲜美一些。"不等小苏回话，陈太太已经匆匆忙忙地解下围裙，跑出去买陶锅了。

不一会儿，陈太太抱回了陶锅，小苏赶紧接过来，洗干净准备烧水时，陈太太又说："啊呀，我想起来了，我有一组餐具很配这个陶锅，等我一下，我回家去找找。"依然不等小苏说话，陈太太又急忙回家翻箱倒柜去了，忙得一身大汗才把餐具拿过来。

小苏赶紧接上水，刚打算开火烧水，陈太太又看了看准备入锅的材料，然后摇摇头说："不行，这肉切得块太大了，不容易入味，我得把它切小一点儿才行。"

一边说着，陈太太一边麻利地拿起菜刀，还没切几下，又嘀咕道："这刀不利了，得赶紧磨一磨才好。"

于是，陈太太丢下菜刀，回家去把磨刀石拿了过来。刚要开始磨刀，她又发现，要把刀子磨利，必须用木棒固定一下才方便，于是她又连忙去外面寻找木棒……

看着陈太太忙活来忙活去，小苏实在没了耐性，只好自己先把材料下锅，一边煮一边等。等到陈太太气喘吁吁，手里拿着木棒回来的时候，锅里的材料早已经熟透了，陈太太一阵唉声叹气："哎呀，你这么心急做什么呀，我这么忙活，都功亏一篑啦！"

小苏却浑不在意，拿起勺子尝了一口，啧，这味儿还挺不错！

这个周末就这样在陈太太的忙碌和唉声叹气中落幕了，至于小苏呢，她觉得自己这锅汤其实还不错，心情可美着呢！

陈太太熬汤，总想要熬出一锅完美，所以事无巨细，斤斤计较，结果却是什么都做不好，还给自己徒增了不少烦恼。

小苏熬汤，熬的却是一场随性，不去纠结那些琐碎的事，不去苛求那些微小的细节，熬出的汤未必是世间难得的美味，但却熬出了一锅的好心情。

生活其实就是这样，没必要事事都斤斤计较，那些琐碎事，就像是鞋里的沙砾一样，你越是紧张，越是在意，便只会让自己走得越难受，倒不如大大方方把它们一股脑都丢掉，如此鞋才能穿得舒服，路也才能走得舒心。

02

人们常说，这世上最聪明的人就是犹太人，这不仅仅是因为他们有着灵活的头脑，更重要的，是他们懂得如何"忽略"身边那些微不足道的琐碎事，让自己一直保持良好的心态。

犹太人常常说："这世上卖豆子的人应该是最快乐的，因为他们永远不担心豆子卖不出去——

假如他们的豆子卖不完，可以拿回家去磨成豆浆后再拿出来卖；

假如豆浆卖不完，则可以制成豆腐；

假如豆腐变硬了卖不成，那就当豆腐干来卖；

假如豆腐干再卖不出去的话，就腌起来，变成腐乳……

或者还有一种选择：卖豆人可以把卖不出去的豆子拿回家，加上水让豆子发芽，几天后就可改卖豆芽；

假如豆芽卖不动，那干脆就让它长大些，变成豆苗；

假如豆苗卖得不好，那就再让它长大些，移植到花盆里，当作盆景来销售；

假如盆景卖不出去，那就再把它移植到泥土中去生长，几个月后就又会结出许多新的豆子———颗豆子变成了很多豆子，想想都觉得这是多么划算的事！"

瞧，这就是犹太人的聪慧之处，他们从来不会为卖不出的豆子而感到烦恼，而是充满希望地为它寻找新的出路和新的可能——哪怕不断遭遇冷落，豆子也总能寻找到新的出路，更何况是人呢？

所以，无论遭遇了什么不如意或不愉快的事情，都无须挂怀心间，豆子总有出路，而我们也总会有希望。至于那些琐碎的不幸和倒霉事，就将它们一股脑地从鞋子倒出来吧！不过是微小的沙砾，又何必让它们影响到我们的好心情呢。

﹨03

生活是由无数的小事汇聚而成的，这些小事有好有坏，有快乐也有伤悲，但无论是好是坏，其实对我们的生活并不会造成多大的影响，如果我们过多地去拘泥、计较这些事情，那么反而会浪费我们宝贵的时间与精力，让我们无暇去顾及那些真正可能左右我们命运的大事。就像美国作家梭罗所说的："我们的生命都在芝麻绿豆般的小事中虚度，毫无算计，也没有值得努力的目标，一生就这样匆匆过去了……"

曾经有一首很流行的歌，名为《莫生气歌》，歌中唱到："人生像是一场戏，因为有缘才相聚。相遇相知不容易，是否更该去珍惜。为了小事发脾气，回头想来又何必，别人生气我不气，气出病来无人替。我若气坏谁如意，而且伤神又费力。"

歌词虽然俗气，但所讲的道理却值得我们深思。人生在世，总会遭遇许多人、许多事，如果什么都要去计较，什么都要去在乎，那我们哪里还有时间去欣赏世间的风景，去感受人生的惬意呢？倒不如放开心胸，试着超脱一些，丢开那些琐碎的小事，方能让心灵展翅高飞，自由翱翔，感受生活的丰富多彩！

TOP 05

人生是未解的谜，
一直往前走，
把向往的风景变成走过的路

好奇心是驱动人类前进的动力，那么，世界上最大的谜题是什么呢？就是我们的人生了。每个人的人生都不相同，每个人的人生都有截然不同的轨迹。你向往怎样的生活呢？又能将你的生活走出怎样的风景呢？

志在山顶的人，不会贪念山腰的风景

一个人能够走多远，取决于他的眼睛能看多远；一个人能够爬多高，取决于他的目光凝望处有多高。在通往梦想的道路上，最可怕的并非是艰难险阻或荆棘丛生，而是那些醉人的风景和迷人的诱惑。

雏鸟飞离巢穴之时，若见着地下跑着的鸡鸭牛羊，便心生满足，认为自己比它们强得多，那么恐怕此生只能心满意足地停留在树梢了；若是一直飞上云端，为漂亮的云彩而停留，那么大约此生最远便是抵达云上；但若是渴望太阳，一直不停地向上拍打翅膀，忍受着常人无法忍受的孤独，那么终究会成为展翅的雄鹰，拥有一方天地。

若你想成为雄鹰，那便不该留恋树梢和云端；若你志在山顶，那便不应贪恋山腰的风景。生命是短暂而宝贵的，在通往梦想的道路上，容不得你浪费那样多的时间在两旁的美景上，只有一直往前走，才会抵达终点的机会和可能。

01

葡萄园里来了一只嘴馋的狐狸，它瞧着那一串串饱满的大葡萄，口水直流：真想尝尝那美味的葡萄呀！

为了吃到葡萄，狐狸使尽全力地往上跳，可葡萄架实在太高，所以，狐狸第一次试跳就失败了。于是，狐狸便在心里嘀咕："这串葡萄不好，看看它那个丑样子，尽管外表挺好看，但是一定是去年的陈瓤。"

安慰完自己，狐狸又看中了另外一串葡萄，遗憾的是，这一次它还是失败了，依旧没能摘到葡萄。狐狸便又在心里嘀咕："这串葡萄估计也不好，肯定用过化肥，一定不属于纯天然的绿色食品，要不然就是注水葡萄。幸亏我没有吃到它，如若不然，吃得我拉了肚子就不划算了。"

就在这时，狐狸突然听到了稀稀拉拉的掌声——原来，有几只乌鸦落在树上，正在看这里的热闹呢。狐狸向它们拱拱手，向乌鸦们表示谢意。

两次试跳的失败让狐狸有些心灰意懒，它心想："如果现在有一位教练递给我一瓶矿泉水，将动作要领告诉我，再为我布置一下战术，那该有多好啊！可是，这一生能有几回搏？不再最后试跳一下，我还是有些不甘心。"

狐狸一边想着，一边转动着狡猾的眼珠，在四处寻找着什么，忽然，它眼前一亮，拿起了靠在墙角的一根长竹竿，然后抓住竹竿，后退了几步，并示意给乌鸦们，让它们为自己加油。乌鸦们又是一阵欢欣鼓舞，狐狸自信地扬起嘴角笑了笑，提竿快步向葡萄架奔去，竹竿头十分准确地插入地面，将狐狸撑了起来，有了一定的高度，然后是抛竿和自由下坠的动作，这一次，狐狸终于跃过了葡萄架，并且，十分稳当地落到了对面的草地上。

乌鸦们激动地惊呼着："狐狸，你太棒了，你的姿势真优美，动作非常漂亮。"很快，其中一只乌鸦优雅地飞下来，将一束野花献给了狐狸。狐狸手捧着野花，怀着十分激动的心情，为自己终于成功而欣喜。

就在这时，狐狸突然想起来："诶呀，我今天是为了吃葡萄来的呀！可不是为了跳高给乌鸦看的！这连葡萄皮都没吃着，跳得再好又有什么意义呢？"

葡萄本是狐狸是目标和梦想，然而，在向着它一遍遍冲刺、努力的过程中，狐狸却因乌鸦们的掌声与欢呼而迷失了自己，错过了原本即将到来的成功。山腰的风景固然美丽，然而迷醉其中，却让人遗忘了山顶的志向。

02

他们是同一个唱歌选秀节目里出来的，一个冠军，一个亚军，两人都是备受期待的新人。

从踏入娱乐圈的那一天开始，他们便都有了一个目标：要成为顶级的天王巨星，站上最耀眼的舞台，唱属于自己的歌！

然而，理想是丰满的，现实却是残酷的。选秀节目虽然为他们累积了一定的人气，但却并未能够让他们进军歌坛的道路走得顺畅一些。他们接到了很多的工作邀约，有杂志照片的拍摄，广告的代言，偶像剧的演出……但却没有任何一个与音乐相关的。

一开始，他们还很坚定，一心只想着做自己的音乐，但长时间的沉寂却让人忍不住开始慌乱起来。选秀歌手的光环保质期实在太短，长时间的不露面，让他们的人气加速流失。这是一个快餐时代，没有曝光，没有作品，粉丝的热情又能持续多久呢？

在一段时间的挣扎与思索之后，他们走上了截然不同的道路。冠军决定先接下工作，维持好自己的人气，等出名以后自然就能推广自己的音乐，于是他接拍了经纪公司给他的偶像剧，接下了各种广告代言和综艺节目邀请；亚军却依然决定要坚持做音乐，他继续在酒吧驻唱，偶尔接一些幕后音乐制作的工作，日子过得自然也不会太光鲜。

数年之后，那位"识时务"的冠军已经一连拍了许多部偶像剧，角色基本上都是什么"霸道总裁""冷酷富二代"之类的，由于演技一般，靠脸吃饭，一直没有什么突破，而如今层出不穷的"小鲜肉"已经把他的人气分去了不少；至于那位固执的亚军呢，可喜可贺，他已经成功举办了第三场自己的演唱会。

他们曾站在同样的一条起跑线上，最终却跑向了完全不同的方向。通往终点的道路总是崎岖难行的，而路两旁却常常风景宜人，鸟语花香，你是打算为那美好的风景而驻足，还是一往无前地向着终点而奔驰呢？请记住，你的选择，决定了你的结局。

03

你的志向决定了你人生的方向，也决定了你最终能够站在什么样的地方。

人这一生会遇到许多的诱惑，而通往成功的那条路却注定要比其他的路更加崎岖难行。可人生是有时限的，谁都没有太多的时间与精力可以浪费，你若贪恋那些甜美的诱惑，为山腰的风景而留恋驻足，那便不会再有足够的时间爬向山顶。

一个人若志存高远，那便不会轻易被眼前的鲜花与掌声所迷惑；一个人若志在山顶，那便不会去贪念山腰的风景。

很多时候，你之所以离成功越来越远，不过是因为你的意志
不够坚定，你对成功的渴望不够深刻罢了。

 ## 今天你能对自己有多狠，明天就能让自己走多远

随心所欲、自由自在地活着，想干什么就干什么，不受
任何限制——这大概是所有人心中最理想的生活状态了吧！

然而，在这个世界上，越是珍贵的东西，想要获得，便
须得付出越发高昂的代价。"自由"二字无疑是珍贵的，同
时也不是随随便便就能拥有的，你想拥有多少自由，你就得
累积多少资本，这是社会的规矩，也是人生的规则。

站得越高，选择才会越多；走得越远，拥有的世界才会
越广博。而你究竟能爬多高，走多远，关键还要看你对自己
能有多狠。

\ 01

她是一名优秀的舞者，已经年届五十，却依然活跃在舞
台上，优雅玲珑的身姿甚至胜过许多年轻的小姑娘。凡是见
过她跳舞的人都会感叹她舞姿的灵动，同时也惊讶于她对身
材的保持，明明已经到了发福的年岁，却依旧苗条轻盈得令

人羡慕。许多人都猜测，她大概是天生吃不胖的体质。

有一次，在接受记者的采访时，她终于道出了自己保持苗条身材的"秘密"，一份令人感慨万千的食谱："早上9时喝一杯盐水；9时至12时喝三杯普洱茶；中午12时吃午餐，内容是一小盒牛肉、一杯鸡汤和几个小苹果；晚餐只有两个小苹果和一片牛肉。"这就是她一整天的食量，并且还是在高强度、不间断的舞蹈训练时，所食用的全部东西。

她说，自己已经二十多年没有尝过米饭的味道了，因为碳水化合物热量高，并且难消化。每次演出之前，她甚至就连水都不会喝一口，因为"人只要一吃饭一喝水，不管多瘦，胃就会鼓出来，不好看"。

虽然吃得少，但她却从来不会落下每天的运动。为了保持身材和漂亮的肌肉线条，除了每天练习三四个小时的舞蹈之外，她至少还会做小腿伸展运动10分钟，走路或站立2小时，并且每周至少保证做3次有氧运动。

听了她这份的惊人的食谱和运动计划，记者不由得关切地问道："你饿不饿？"

她不答反笑，戏谑地问："你可有哪一次看我没有力气跳舞，或者倒在舞台上？"

每个人的辉煌背后都是由汗水和血泪堆砌而成的，没有谁能随随便便就获得成功，也没有谁能轻轻松松就实现梦想。就像这位美丽优雅的女舞者，她的青春、美丽、清瘦、有仙姿、有灵气，背后所反映出的，是她超强的自制力与对自己的一股"狠劲儿"。

旁人艳羡她的美丽，却不知这世上哪里有那么多的天生丽质，她能拥有得多别人多，不过只是因为她能对自己更狠罢了。今天你能对自己有多狠，明天你才能让自己走多远。所以，当我们确定一件事或者确立一个目标时，不妨对自己狠一点儿，以严格的自律要求自己，甚至可以任性一点儿，不要给自己留余地，不要给自己想退路。身处绝境，没有后路，就没有退缩，就没有放弃和妥协的理由，就能鼓起奋力一搏的勇气，激发出创造奇迹的力量。

02

加入"北漂族"大军的何伟在屡次碰壁之后，总算找到了一份还算不错的工作。这份工作非常轻松，而且薪酬也不低，在许多人看来，简直就是天上掉的"馅饼"，偏偏被何伟这个幸运的家伙给捡到了。

对这份工作，何伟还是比较满意的，只不过办公室里除了他之外，几乎都是上了年纪的大妈大叔，每天谈论的话题无非是谁家的孩子要了二胎，东二街菜市场哪家的蔬菜和水果最新鲜，楼上财务部的某个阿姨上个月离婚，等等。

最初，在这样轻松又懈怠的工作环境里，何伟也难免放松了自己，有时甚至还会和大妈大叔们一起关注一下东家长西家短。但随着时间的流逝，他很快发现，自己根本无法在这样的生活和一团乱的工作中找到丝毫满足，又实现不了个人价值，他根本不敢想象如果再这样下去人生会是什么样子。更糟糕的是，每当看到其他同学有的创业成功，有的成为领导时，他内心便更觉煎熬。因为他也想能够和他们一样可以随心所欲地做事，但却没有那种资本，能力不足、魄力不够。

为此，何伟颓废了许久，整天自怨自艾的，尤其是一有机会和同事、朋友喝酒就絮絮叨叨抱怨个不停，结果后来，大家都开始躲着何伟，本来这日子就过得辛苦了，谁还会愿意靠近个成天负情绪满满的家伙啊！

何伟也不是蠢钝之人，在察觉到众人的不喜之后，决定痛定思痛，洗心革面，狠狠地改变自己。之后，何伟不再抱怨了，他开始积极尝试着融入自己的工作状态，逼着自己在工作上精益求精，力求把每一件事都能做到最好。业务不熟练，就逼着自己没日没夜地工作；能力不够强，就逼着自己废寝忘食地学习专业知识。哪里有不足就狠狠地给自己加加油，逼着自己迎着生活的暴风雨前行。

咬牙度过一段艰辛的日子后，何伟迎来了事业的小春天，由于工作出色，他渐渐得到领导的赏识，并得到了重用，工资翻倍。而后几年，何伟继续努力工作，积累了丰富的经验，能力也大大提升，最终也和他曾羡慕的那些朋友一样，辞职加入了创业大军。

03

为了让自己安心写作，戒掉吃喝玩乐、荒废时光的恶习，雨果曾将自己所有外出需要穿的衣服都锁进了柜子里，甚至连自己的房门都反锁了起来，钥匙则扔进湖里。就是在这一段完全自我封锁的时间里，雨果创作出了举世闻名、流芳百世的长篇浪漫主义小说——《巴黎圣母院》。

为了提高自己的演说能力，避免因受不住寂寞而外出溜达，戴摩西尼把自己拘在一个地下室，一狠心把自己的头发剃了一半，硬生生顶着这怪模怪样的"阴阳头"一心一意练习口才，使得自己的演讲水平突飞猛进。正是凭着这种专心执着的精神，他才最终成了世界闻名的大演说家。

成功的道路注定充满坎坷与崎岖，想要走得远，就得有忍痛的决心和坚持的毅力。人生在世，不管你想要什么，都得付出相应的代价，想要的越多，就得对自己越狠。只有懂得限制自己的人，才能累积活得自在的资本；只有能够忍受痛苦的人，才能拥有轻松享乐的未来。

成长，就是破除一个个未知的过程

人的成长是一个探索的过程，从睁开眼睛的那一刻开始，我们就在探索世界，破除未知。

探索是镌刻在人类基因中的一种本能。婴孩用嘴巴和舌头去探索世界，所以他们拿到不认识的东西时，总会下意识地往嘴巴里塞。等有了自我意识，能够清晰地进行自我表达之后，我们探索世界的方式就更多的，用眼睛看，用耳朵听，用鼻子嗅，用双手触摸，用语言探寻，用头脑思考……

身体的成长是靠食物和营养一点点堆砌起来的，而灵魂的成长则是靠我们对世界的探索与了解而逐渐增长的。成长，就是破除一个个未知的过程，勇于探索，坚持到底，才能找到生命的答案，从而理解生活的真谛！

01

生命是一场冒险，最令人畏惧的，便是前方的未知。而那些因恐惧未知而停滞不前的人，注定只能在原地徘徊，哪怕拥有伟岸的身躯，灵魂也将永远渺小而脆弱。

未知是危险，却也是机遇。敢于探索的人，才有抓住机遇的机会。而那些裹足不前的人，则永远不会知道，他们的生命究竟错过了什么。

何夏的梦想是成为一名电影明星。可无论是谁，知道何夏的想法之后，都对此嗤之以鼻。何夏实在长得太平凡了，想要做明星，不说一定得倾国倾城，但至少得长得有特色，能让人记住吗？可何夏呢？她不漂亮，不特别，平凡得丢进人堆就找不着了。

为了心中小小的坚持，何夏顶着父母强大的压力，硬是考上了一所和表演能打点儿擦边球的学校。那时候，但凡是知道这事儿的亲戚，都轮番来教育何夏，让她不要这般异想天开，不切实际。

大学四年，除了同学之间的小打小闹，何夏从没拍过一个正经的作品。没办法，还是那句话，她实在太平凡了。更重要的是，在表演方面，她似乎也并没有什么过人的天赋，哪怕她能够比别人更精准地理解剧本中所描述的人物角色，她也无法通过自己的一颦一笑，一举一动来呈现出任何惊艳的表演。

不是没想过放弃，只是何夏总想知道，自己究竟能走多远，或许只要走到尽头，那些小小的不甘心就会熄灭，她也就能从此"脚踏实地"了吧。

机缘巧合之下，何夏的一位朋友给她介绍了一个工作机会，参演某公司的一个广告片拍摄。虽然不是女主角，但这总也算是个正经作品。就在这个时候，一位亲戚也通过关系给何夏联系了一个非常不错的单位，让何夏去参加考试，并保证，只要考试能过，面试百分百没有问题。

之前何夏也有过转行的打算，而亲戚介绍的这个工作确实也非常不错。但偏偏考试的时间和广告片拍摄的时间相冲了，何夏必须从中做出一个选择。

最终，几乎没有任何挣扎和犹豫，何夏就果断选择了参演广告片，放弃了那个优渥的工作机会。

当然，没有任何意外的，那部广告片除了给何夏带来一点点微薄的收入之外，并没有给她带来任何名气，她也并未因为拍摄这一部广告片就打开娱乐圈的大门。但有趣的是，这一次广告片拍摄的经历却让何夏对广告策划的工作产生了极大的兴趣。

后来，何夏果然没能成为一名电影明星，但她却成了圈子里有名的广告策划人。每当回忆起当初误打误撞进入这个行业的种种巧合，何夏都感慨万千，她常常在想，如果没有当初那个不切实际的明星梦，没有初生牛犊不怕虎的冒险精神，现在的她大概只能在家乡做着一份自己不感兴趣的工作，为每个月的薪水而忙碌吧。

02

当我们踏上一段陌生的旅程时，我们永远不知道自己能不能顺利抵达终点，也永远不知道一路上会遭遇什么。想要知道答案，唯一的方法就是坚持走完这条路，不亲身去经历，便永远也无法知道结局。

小男孩杰克家境贫寒，虽然他一直梦想着能拥有一辆自行车，但他从未向父母提出这一要求，而是自己偷偷积攒下零用钱，指望有一天能得偿所愿。

一个偶然的机会下，杰克从网上看到，一家拍卖公司不日将会拍卖一批自行车。这个消息让杰克十分兴奋，他揣着自己所有的财产——5美元，兴高采烈地去了拍卖会现场。那时候小杰克并不清楚，即使是在拍卖会上，想要购买这样一辆新款的自行车，至少也要花上50美元才行。

自行车拍卖开始之后，每拍卖一辆自行车，杰克都是第一个举牌出价的人，但他给出的价格永远都是5美元，从来没有加过价。可想而知，他只能看着一辆辆的自行车被出价更多的人给买走。

主持人很快就注意到了杰克，在中场休息的时候，他友好地询问杰克，为什么不出比5美元更高的价格。杰克有些局促不安，但还是如实地告诉主持人，他所有的财产一共就只有 5 美元而已。

拍卖继续进行，杰克依旧坚持不懈地举着牌子，喊着"5 美元"的报价。最后，只剩下一辆自行车还没拍卖了，杰克很伤心，他知道，自己多半是无法实现自己的愿望了，他根本不可能拥有一辆梦想中的自行车。虽然已经认清了这一事实，但在最后这辆自行车宣布开始拍卖之后，杰克还是不甘心地最后一次举起了手中的牌子，喊着："5美元。"

此时，大家几乎都已经注意到了这个执着的小男孩，大概是被他眼中的渴望所打动，在他最后一次喊出"5 美元"的报价之后，全场再没有任何一个人举牌。三次唱价之后，主持人手中的锤子重重落下，杰克听到他大声说道："这辆自行车将属于这位小男孩！"

在热烈的掌声中，杰克张大了嘴巴，他根本无法相信，自己的梦想居然以这样一种戏剧化的方式在他即将绝望之际成了现实！

生命中总是存在奇迹的，虽然它并不常出现，但只有坚持到底的人，才能有幸得见。

人生的每一步路都充满了未知，想要破除这些未知，我们便只能勇敢地一步步向前走去，只有亲自去经历了，看见了，才能找到最终的答案。

每一次偷的懒，都会变成打脸的巴掌

清晨来临，本计划要出门慢跑，努力锻炼身体，但你却因犯懒，最终选择继续窝在被子里虚度光阴，于是只能羡慕着别人强健的体魄，自己却依然是只"白斩鸡"；

翻开英文词典，本计划要努力背单词，提高英语水平，但你却因为犯懒，把书本丢在一旁，继续躺在沙发上看电视，于是只能日复一日地羡慕着别人能说一口流利的外语，自己却连普通话都说不利索；

工作还没做完，本该兢兢业业，专心致志地投入工作，但你却因贪玩，把时间全都投入到了游戏、聊天、犯懒之中，因此永远都是表现平平，只能满心羡慕地看着别人升职加薪；

学识不够丰富，本该多学多看，努力上进地提升自己，但你却因害怕辛苦，推脱不做，于是只能故步自封，不停地在原地打着转儿，直至被进步的社会所淘汰……

你每一次的偷懒，最终都会变成打在你自己脸上的巴掌。若不希望迎接你的未来是落魄，那便赶紧克服时刻缠绕着你沉沦的懒惰吧，别因一时的偷懒而错过美好的未来。

01

苏玲和安欣是同事，两人年纪相仿，各方面能力也相当，而且还是在同一年进入的公司，又恰巧被安排到了同一间公司宿舍。因为这种种的缘分，所以两个女孩感情特别好，相处也一直非常融洽。可就是这样的两个好朋友，却在往后的日子里渐渐走上了不同的人生轨道，过上了截然不同的生活。

许多人都说，苏玲运气比安欣好得多，明明两个人起点相差无几，可最终的结局却真是云泥之别。苏玲拥有的很多，美满的恋情，称心的职位，令人羡慕的高薪；而安欣却似乎过得不太好，事业毫无起色，感情上则依旧是"单身贵族"，甚至日子还过得有些落魄。为什么会这样呢？真的只是所谓的"运气"吗？

然而，事实并非如此。无论是苏玲还是安欣，她们的未来都是自己"选择"的。

公司宿舍附近有一个公园，苏玲每天清晨都坚持去公园跑步，安欣则总是猫在被窝睡懒觉。苏玲和她的丈夫就是在跑步时候认识的，从一开始的点头之交，到后来聊几句天，再后来相约一起运动……恋爱就这样水到渠成。安欣很羡慕苏玲，她也希望能收获这样一段恋情，但除了想想之外，她始终没有任何行动。她从未早起跑过步，自然也没机会像苏玲一样，在公园认识一位有缘人。

后来，公司本来打算派安欣到邻省出差一个月，这个机会千载难逢，可以获得更好的发展，还有可能成为部门主管。然而，安欣想到出差需要四处奔波，风吹日晒，很是辛苦，不如在办公室里安逸享乐，便拒绝了公司的建议。而苏玲在得知此事之后，主动向公司递交申请，争取到了这次出差机会。

一个多月的奔波劳累让苏玲瘦了一圈，也黑了一圈，但她却也收获了非常宝贵的经验。10个月后公司内部进行调整，苏玲凭借着出色的业绩顺利晋升为部门主管，而安欣呢，依然还是个部门的普通员工。

瞧，那些未来的路，不过是她们不同的选择罢了。苏玲选择走一条荆棘丛生，却越来越优秀的路；安欣却选择了一条安逸享乐，止步不前的路。

02

上学时，她一直是同学们中的佼佼者，身材高挑，容貌漂亮，学习成绩也非常好。她无疑是优秀的，站在人群中，总能让人第一眼就注意到，但即使如此，她却从来没有任何一刻松懈过，因为她早就听人说过"一毕业就失业"的无奈。

为了增加自己进入社会的筹码，在校期间，她一直都以吃苦为乐。课余时间，舍友们窝在宿舍看电影、听歌，而她却选择在图书馆认真看书，积极参与多个社团活动。周末时，她会去街道上发传单，帮培训班做招生工作。许多人的大学生活都是放纵的，她却不同，塞满了辛苦和劳累。可即使如此，她也不曾抱怨过半句，对生活，她从不会掉以轻心。

除了丰富的社会体验之外，她的学习成绩也是门门优秀，还利用在校时间考取了普通话证、英语六级证、会计证等。当别的同学还在忙着四处寻找实习单位时，她就已经因为优异的个人能力被当地一家大企业正式聘用了，过上了朝九晚五的"白领"生活。

进入公司之后，她也并未高枕无忧。虽然她的工作岗位非常清闲，平时主要负责公司财务，工资稳定，活儿也不多，有大把大把的时间可以去打扮、交友、恋爱……但她却认为，这样的生活太安逸了，她想要做更有挑战，能帮助自己累积更多筹码的事情。于是，她主动向公司提交申请，调去了竞争最激烈的市场部。

市场开拓不是一件容易的事情，而且充满了挑战性，赔笑脸、陪吃喝更是常有的事，但她确定，只有在市场部才能深入地了解业务、熟悉流程，虽然辛苦，但却能最大限度地提高自身的能力。

为了学会市场营销的基本常识，她曾在三天之内自学了几十万字的材料，从一个门外汉变成一个行家；为了多争取一个客户，她骑着电动车，走街串巷，一家一家地拜访客户，吃闭门羹、挨白眼成了家常便饭；为了签下一个大订单，她任性地一个人待在他乡，冒着被偷被抢的风险，租住在偏僻的城中村……

付出总是有所收获的，在她"拼命三娘"的工作作风下，她的业绩一路飘红，从销售精英、销售主管，再到销售部经理。现在的她，年纪轻轻就已经成为人人艳羡的"白骨精"。羡慕她的人总觉得她脑子好，运气好，但熟悉她的人却知道，她的成功与辉煌都是靠一次次的努力与付出换来的。

03

懒惰是成功路上最大的敌人，当你因懒惰而停下前行的脚步时，你以为只是短暂的休憩，但实际上，它带给你的，却可能是天差地别的人生际遇。

生活从来不会给任何人耍小聪明的机会，今天你偷了懒，不是因为你聪慧，而是因为你偷的这些懒早已记录在案，终有一日，它们会变成打在你脸上的巴掌，那时你会知道，自己究竟错过了什么，失去了什么。

不懒惰，才能抓住改变人生，改变命运的机会。

我在世间行走，梦想是唯一的行李

这世上最美的东西是什么？

有人说是大海，波澜壮阔；有人说是天空，广袤高远；有人说是彩虹，缤纷多彩……然而，这些美却都比不上一样——梦想。它比大海还要深沉，它比天空更加辽远，它比彩虹更为绚烂。

每个人心中都怀揣着梦想，这是人生最璀璨的宝石，也是生命最可贵的宝藏。当我们困惑时，梦想便如一缕清风，会将迷惘的大脑唤醒，让成功之舟驶向远方；当我们失去希望之时，梦想便如一滴甘露，渗透荒凉，滋养人生的干涸；当我们找寻不到光明的时候，梦想便如星辰，在漆黑的夜熠熠发光，将前行的路照亮。

我们需要梦想，正如一位作家曾说过的："我在世间行走，梦想是唯一的行李。如果你想人生美好一点儿，快乐一点儿，就该紧握梦想，坚持你期盼成功的心！"

01

他是个好动的孩子，从小就喜欢四处乱窜，根本停不下来，像只淘气的"小皮猴"。然而，一场突如其来的车祸却夺走了他的双腿，从此，他只能安静地坐在轮椅上度日，那时候，他才仅仅只有八岁，还没来得及四处走走看看。

有一次，父亲带他出门，偶然看到一幅画，画上是高大的金字塔和狮身人面像，他凝望着那幅画久久不愿离开，被那雄伟的金字塔所震撼，他想：如果有一天能亲眼看看这景象，那该有多好呀！

于是，他问父亲："金字塔在什么地方呢？我真想去看看。"

看着儿子眼中的期盼，父亲眼里却是一片黯淡，他悲伤地握紧了扶着轮椅的手，低声说道："别再问了，那是个很遥远的地方，你去不到的。"

父亲想得很简单，既然是无法企及的希望，那又何必让儿子留有念想。但离开时，他的目光却始终胶着在那高大的金字塔上，久久不舍离开。

20 年的时间过去了，世界每天都在发生日新月异的变化。科技越来越发达，交通越来越便利，曾以为天涯海角的距离，如今不过几个小时的飞机便能抵达。

有一天，年迈的父亲突然收到一张照片，照片上是坐着轮椅的儿子灿烂的笑容，在他身后，是雄伟的金字塔和狮身人面像，一如多年之前父子俩驻足的那幅画。照片的背后，是一行苍劲有力的字："人生总有各种可能。"

看着照片上眼角已经添了皱纹的他，父亲老泪纵横，以往儿子的努力与付出历历在目，而直到这一刻他才明白，一直支撑着儿子不断前行的，不过就是一个璀璨的梦想：我想亲眼看看金字塔！

后来，父亲又陆陆续续收到许多从世界各地寄来的照片，每一张照片上的他都笑得灿烂。命运夺走了他的双腿，而梦想却赋予了他"飞翔"的能力。

是啊，只要有了梦想，人便有了前行的动力，有了创造奇迹的可能。我们于世间行走，梦想是唯一的行李，只要牢牢抱住这件行李，我们便可走遍万水千山，踏出属于自己的人生之路。

02

没有梦想的人生是干涸的，哪怕拥有再多，也无法阻止灵魂的枯萎。

在人生的前三十年，她活得就如同一个精致的瓷娃娃，没有梦想，缺乏主见，遵循着别人的意愿，一直走着别人认为正确的道路。

结婚之前，她一切都听从父母的安排，上最好的学校，学习最好的规矩礼仪，就连兴趣班都是由父母帮她挑选的，她几乎没有任何自主的兴趣。

考大学填报志愿的时候，同学们热火朝天地讨论想要学什么专业，以后做什么工作，她却如同一个旁观者，因为她的志愿申报表父母早就已经帮她填好了，就连她毕业以后回家是考公务员还是事业单位父母都已经安排好了。

有时候她也会觉得很迷茫，不知道自己这样活着究竟有什么意义，但早已经习惯妥协听从安排的她却从来不曾生出过什么反抗的心思。一切都按部就班地进行着，大学毕业，进入银行工作，然后嫁给父母相看好的对象……

直到三十岁的那一年，她一潭死水的人生第一次出现了波动，她的丈夫出轨了，小三拿着一纸怀孕证明闹上了门，她不慎从楼梯上摔下去，这一摔，把她肚子里不到两个月的小生命给摔没了。她甚至还没来得及意识到自己成为母亲，就失去了自己的孩子。

巨大的打击让她陷入了深深的自我怀疑，她第一次开始思考自己的人生，也是第一次开始思索，自己真正想要的究竟是什么。

很快，她向法院申请了离婚，辞去了银行的工作，这是她第一次固执己见，没有听从任何人的"劝解"。

一年后，在尝试过各种不同的工作之后，她决心要成为一名园林设计师，这份工作很辛苦，不像从前在银行坐办公室那样轻松，但她却是从心底里感到开心。

看着变得又黑又瘦的她，满手粗糙的茧子，父母心疼得直抹眼泪，可她的笑容却一直很灿烂，眼睛里也仿佛点满了星辰，熠熠生辉。

她说，她的人生是从三十岁开始的，因为直到那个时候，她才第一次拥有梦想，拥有灵魂。

＼03

有人说过这样一句话："一个人若是拥有梦想，那么即使在最艰苦的时候，也会感到幸福。"

在现实生活中，有太多人每天都活得碌碌无为，他们忙碌着，辛苦着，却不知道自己应该走去什么地方，他们心中没有梦想，没有奋斗的目标，只是一味随着大众的脚步，沉湎于纸醉金迷和灯红酒绿。

这样的人是永远也无法幸福的，哪怕给他们万贯家财，哪怕让他们拥有娇妻美妾，哪怕送他们站上社会金字塔的顶端，他们也永远填补不了内心的空洞和迷惘，因为他们根本不明白自己想要什么，渴望什么，他们根本找不到自己的心，自己的灵魂。

幸福其实是件特别简单的事，有一个目标，然后向着目标前行，这便是幸福；有一个梦想，然后为着梦想奋斗，这便是幸福。

梦想的路很远，请多给自己一些坚持

人生的辉煌与崎岖通常是成正比的。

想要看最美的风景，就得走最难行的道路；想要爬上最高的位置，就得付出最多的努力与艰辛。梦想的路从来不会一路顺风，它可能很长很远，也很难行，请多给自己一些坚持，多给自己一点儿时间。

坚持是最有力量的东西，那些看似微不足道的事物，总能在坚持不懈中缔造奇迹。坚持也是最难的东西，那些看似轻轻松松的事情，总能在坚持中让大批人知难而退。但若你心中自有丘壑，那便少不得坚持的决心，唯有坚持，才能助你实现胸中宏图，才能让你登上成功巅峰。

梦想从来不是手到擒来的童话，那条路很远，需要我们用双脚，一步一步，坚持到底，方能走出一片坦途。

\ 01

世上有很多微不足道的力量，却都能在日积月累的坚持之下创造出令人刮目相看的结局。就像那小小的水滴，力量是如此微弱，但在长年累月的坚持下，却能将坚硬的岩石滴穿。这就是坚持所缔造的奇迹，当你能够付出足够的时间与精力，去坚持做一件简单的事情时，你会发现，这些简单而微小的力量，在时间的发酵下，终究会汇聚成一股巨大的洪流，为你带来意想不到的收获。

但凡是读过《致加西亚的信》一书的人，想必都不会忘记那位故事里的主人公罗文。

罗文接受了一个任务——给加西亚将军送信。送信并不是一个多么难的活计，你只需要一个收件人，一个合适的交通工具，以及一封信就行了。可这个任务最困难之处就在于，没有任何人知道我们的收信人加西亚将军到底身处何处，也没有任何人可以联系上将军——是的，罗文需要做的，是送出一封压根儿不知道收件人在哪里的信。

面对这个看似几乎不可能完成的任务，身为军人的罗文却没有任何疑虑，他毫不犹豫地接下了这个任务，并立即踏上征途，不顾一切地去执行这个任务。

这是一段极为漫长而艰辛的旅程，他曾徒步三周，历尽艰险，走过那些危机四伏的国家，数次身陷险境。最后，这封信终于成功送到了加西亚将军的手上。

我们不知道，在这个艰难的过程中，罗文是否曾有过退缩或后悔的心思，我们也无从得知他是否有过任何的抱怨。但可以确定的是，如果没有过人的执着与坚持，如果没有永不放弃的决心，罗文是根本不可能完成这个任务的。

罗文的送信之路与我们的梦想之路又是何其的相似啊！在送信的途中，罗文永远不知道自己是否能够顺利找到加西亚将军，他甚至不能确定自己所走的路线是否正确，会不会在艰辛的努力与坚持之后，却是竹篮打水一场空。

我们在朝着梦想前行的时候又何尝不是如此呢？我们只知道梦想是什么，却根本无法确定梦想究竟在哪里，也不知道在这条路上投入这样多的时间与精力之后，是否真的能够抵达梦想的终点。

无论是罗文的送信之路，还是我们的梦想之路，最艰难的并非是路途中所遭遇的千难万险，而是对未来的不确定。而能够战胜这种不确定，让我们一路前行下去的，唯有坚持不懈。

02

人们总想做那些轰轰烈烈的大事，却不知"不积跬步无以至千里，不积小流无以成江海"的道理。很多时候，坚持把简单的事情做好，也是能够创造惊人的奇迹的。

一位著名的推销大师受邀前往一所高校为学生们做一场演讲。

当学生们走进演讲会场时，发现场中央吊着一个巨大的铁球，大家都觉得很好奇，却又不知道这铁球到底有什么用。

演讲开始之后，推销大师从学生中选择了几个身强力壮的年轻人，并将他们请到场中央，递给了他们一个小小的铁锤。大师说道："你们试试看，谁能用这个铁锤将会场中央这个巨大的铁球给敲得晃动起来。"

一个年轻人走上前，率先拿着小锤子，铆足了劲儿地敲到铁球上，除了"铛"的一声之外，铁球纹丝不动。年轻人又使劲试了几次，依旧没有任何效果。接着，另一个年轻人接替下这个艰难的工作——一轮下来之后，几个年轻人都累得筋疲力尽，可铁球却依然稳如泰山地挂在那里，一动也没有动一下。

大家面面相觑，无奈地对大师叹道："这铁锤这样小，铁球却那样大，怎么可能敲得动！"

大师什么都没说，从年轻人手中接过小铁锤之后，便走到了会场中央。只见他举起铁锤，对着铁球敲了一下，并没有用多大的力气。停顿一下之后，大师又举起铁锤，朝着刚才敲击的同一个地方又敲打了一下。接着再停顿一下，再敲一下。

10 分钟过去了，大师依旧一丝不苟地重复着这个动作，但没有发生任何事，学生们开始在地下窃窃私语起来。

20 分钟过去了，大师还在继续，此时已经有不少人趴在座位上开始睡觉。

30 分钟过去了，大半的人都开始骚动不安，大家都不再有耐性坐在这里观看这场不知所谓的闹剧。

40 分钟过去了，突然，一个微弱的声音说道："嘿，快看，那个铁球好像动起来！"

是的，铁球动了！几乎所有的人都发现了这一点，在大师没有用多大力气的反复敲打中，铁球渐渐动了起来，越摆越高，挂着铁球的铁架子在铁球的摆动拉扯下"哐哐"作响，敲击在每一个人的心口上。原本骚乱的人群安静了下来，大家瞠目结舌地看着这个等待许久的奇迹。

03

世间最容易的事情就是坚持，只要心中有信念，每个人都能够做到；但世间最难之事同样也是坚持，你必须耐得住寂寞，吃得下苦痛，并有足够坚定的心去面对未知的恐惧，唯有如此，才能真正做到坚持不懈，永不放弃。

任何长久的幸福都需要经过世间的考验，任何辉煌的成功都必须经过坚持的淬炼。每个人心中都有一个梦想，想要让这个梦想成为现实，就得有一颗执着的心，和一种坚持的态度。无论遇到什么样的艰难险阻，唯有坚守住心中的梦想，多给它一些时间与坚持，我们才有机会抵达成功的彼岸，实现梦想的宏图。

你可以迷茫，但别在迷茫中虚度时光

每个人的人生都会经历迷茫，尤其是年轻人，在面对未知的明天时，难免都会产生几许迷茫和焦灼的情绪。迷茫并不可怕，真正可怕的，是在迷茫中虚度时光，浪费生命。

人生是有时限的，每一分钟都极其宝贵，当你因迷茫而徘徊不定，犹豫不决时，时光并不会因为你的不确定而有片刻停歇。而你的未来究竟会是什么样子，全然都是由你的所作所为堆砌而成的。

那些事业有成的人，那些站在成功巅峰的人，谁不曾有过迷茫的时候？不同的人，他们即便身处迷雾之中，也不曾停下前行的脚步，而是始终坚持不懈地寻找着属于自己的人生方向。所以，这些人才能走出迷茫，最终成就了属于自己的美好未来。

你可以迷茫，但别在迷茫中虚度时光，浪费生命。你所付出的每一分钟，在未来的路上，都将成为璀璨的点缀；相应的，你所浪费的每一分钟，也终究会让你变得黯淡无光。

01

刘小敏一直记得，她在大学时上的第一堂课，那时候班主任在让大家进行完自我介绍之后，和大家谈论了一个问题——迷茫。

班主任说，每个人都需要经历一段迷茫期，这是人生的必经阶段。在这段时期，你可能会对未来产生强烈的不确定感，你多年来构筑的世界观、人生观可能会遭遇毁灭性的冲击。这段历程并不美妙，但其实也没有那么可怕，重要的是你得学会思考，当你走出这段迷茫期之后，你会发现眼前豁然开朗，那时候你会更加明白自己的人生应该走向什么方向。

那些话给了刘小敏很大的触动，在人生的前十几年，她从来没想过自己想要什么，自己的未来应该是什么样子。和大多数人一样，她只是一直做着"应该做"的事情，却不知道为什么要去做这些事情。

上大学之前刘小敏的人生目标很简单：努力学习，争取高考考一个好分数，上一个好大学。

现在，这个目标已经实现了，刘小敏却突然感到了迷茫，她不知道下一个目标应该是什么。找一份好工作？可是对于自己来说，什么样的工作才是好的呢？

陷入迷茫的刘小敏开始感到焦躁不安起来，她开始不停地思索，思索自己的明天，思索从前经历的种种，思索如今在经历的一切。整个大学四年，她几乎都是在迷茫与思索中度过的，她开始怀疑自己做的一切事情的意义，开始质疑自己人生前十几年的种种选择。为了逃避这种焦躁不安的情绪，她开始沉湎于小说和网络游戏。

时间不会因谁的迟疑而停下脚步。大学四年的时光匆匆流过，刘小敏毕业了，普通的成绩，虚度的光阴，让她加入了"一毕业就失业"的大军……

如今，她在家乡的一家普通的企业干着一份普通的工作，而提起自己的大学时光，她总有种恍然若梦的感觉，仿佛什么都不曾经历，又仿佛什么都不曾获得。

02

二十出头的他本该是为了理想而奋斗，为了美好生活而努力的大好年纪。可是，他却陷入了一种极度焦虑的状态中，情绪也是起伏不定。

对于未来，他充满了迷茫，不知道自己想要做什么，也找不到明天在哪里，每天都过得浑浑噩噩。唯一的发泄方式，就是在网上写点儿东西，有的人觉得他就是"发神经"，也有的人会随意安慰几句，却从来也不走心。

他的迷茫其实并非全然是无病呻吟。他曾经是天之骄子，学校的风云人物。可是走出象牙塔之后，他却一直漂泊在异乡，才发现想找一份合乎心意的工作也并不是容易的事。他租了一间简陋的房子，每天到网吧投简历，却都如石牛入海，杳无音信。他跑遍了大大小小办公楼，投递了无数份简历，可就是找不到合适的工作。眼看着手里的钱越来越少，而那些曾在学校根本比不过自己的同学却越过越好，他自然就感到迷茫了。

为了能够在城市中生活下来，他降低了自己的要求，终于找到了第一份工作——打杂的小职员，每个月工资只有1200块。

这份工作确实不怎么样，但对于当时的他来说，简直就是救命稻草。这意味着他终于可以暂时地安定下来，不必再和父母张嘴要钱了。这份工作让他的生活慢慢稳定下来，但最初的那份迷茫和焦虑并未因此而随之消散，反而愈演愈烈。

同事一个个升职加薪，同学一个个出国留学，有的人开始买房结婚，有的人开始辛勤创业，但自己却一贫如洗，只是刚刚过了生存的基准线。这一切让他慌了，乱了，他不知道自己的明天究竟会怎样，不知道美好的未来是否依然是一个遥远的梦。

为了逃避残酷的现实，他曾在酒精中迷失自己，颓废度日。但现实就是现实，哪有那么容易逃避呢？在经历一番痛苦的折磨之后，他开始反思自己，为什么现实会让自己感到迷茫？为什么生活总是不如意？最后他明白了，这些迷茫与痛苦，不过是因为他只顾着看别人的美好，却从未真正为自己的美好而付出最大的努力。

想明白这些问题之后，他开始努力调整自己的状态，将大把的时间和精力都放到了工作上，让自己没有时间再沉湎于过去，或是抱怨现在。他主动申请调职到了销售部做业务，每天早出晚归，想办法拿下更多的单子，做出更大的业绩。

努力了，必然就有所回报。从最初的屡屡遭拒，到后来的小订单，再到后来拉到了大客户。这个过程不仅让他获得了业绩，赚取了更多的工资，更让他充实了自己，看清楚了自己的价值。而忙碌的工作也给他带来了莫大的鼓舞和信心，驱逐了他内心的迷茫和焦虑。

现在的他已经是公司的销售经理，拥有自己的独立办公室，拥有美好的家庭和事业。更重要的是，他不再迷茫，对于明天和未来充满了希望，并且仍旧一直为了未来而不懈地努力着。

当你迷茫时，请不要停下努力的步伐，更不要让自己的人生陷入自怨自艾、郁郁寡欢。面对迷茫，与其去悲伤，去埋怨，倒不如努力点燃自己的勇气和信心，用来照亮前行的方向。再大的迷雾也终究有散去的时候，只要一直向前走，终有一天你会走到繁花盛开的地方。

你缺少的不是宝藏，而是挖掘宝藏的力量

潜能大师安东尼·罗宾曾说过这样一句话："并非大多数人命中注定无法成为像爱因斯坦这样的人物，事实上任何一个平凡的人，只要发挥出足够的潜能，都是可以成就一番惊天动地的大事业的。"

爱因斯坦，二十世纪最伟大的科学巨匠之一，提及他为人类所做出的贡献，谁都会赞叹一声：真是天才一般的人物！在他逝世之后，无数的科学家开始研究他的大脑，人们都想知道，他那超乎寻常的智慧是否能够有迹可循，还是全然归结于上帝的恩赐。而令人惊讶的是，无论从哪个方面来衡量，爱因斯坦的大脑实际上都和正常人一样，并无任何迥异之处。换言之，从理论上讲，任何一个人都有可能且有机会成为"爱因斯坦"。

是的，这就是上天给予人类的馈赠——聪明的头脑，卓越的智慧。这是全人类都拥有的馈赠，并非仅仅只针对某一个人。我们生命中所缺乏的并不是宝藏，事实上，我们真正缺乏的，是挖掘宝藏的力量。

01

曾看过一则新闻，新闻的主角是来自日本札幌的一位年
轻妈妈，名叫小山真美子。

小山真美子是个身材矮小瘦弱的女人，没有任何体育
方面的天赋。有一天，她正在楼下晒衣服的时候，突然一抬
头，就看到她4岁的儿子正趴在窗户边上，大半个身子都探
了出来，一副摇摇欲坠的样子。

小山真美子大惊失色，还没等她喊出声，就见儿子
整个人都从窗口跌落出来，那一刻，她感觉自己心脏都
快要停止跳动了，几乎是本能一般地就冲了过去。让人
惊讶的是，就在那短短的几秒钟里，她居然真的在儿子
落到地面之前将他接在了怀里！幸而，她的儿子最终只
受了一点儿轻伤。

这则新闻很快就在《读卖新闻》上见报了，日本盛田俱
乐部的一位法籍田径教练布雷默对此非常感兴趣。他按照报
纸上刊出的示意图仔细计算了一下，发现从20米外的地方
接住从25.6米的高处落下的物体，一个人必须跑出约每秒
9.65米的速度才能到达，就是在短跑比赛中，这个速度也
是没有人可以达到的！

后来，布雷默还专门为这件事找到了小山真美子，问她

那天究竟是怎样跑得那么快的。小山真美子想了想回答道："是对孩子的爱，因为我不能看着他受到伤害！"

小山真美子的回答让布雷默很是震动，并由此得出了一个结论：实际上，人的潜力是没有极限的，只要你拥有一个足够强烈的动机就能将潜能挖掘出来！回到法国以后，布雷默专门成立了一家"小山田径俱乐部"，以此来激励运动员要努力地突破自我。

后来，布雷默手下的一位名叫沃勒的运动员在世界田径锦标赛上获得了800米比赛冠军。当媒体记者争抢着问及沃勒是如何在强手如林的比赛中夺冠的时候，沃勒轻松地回答道："小山真美子的故事一直激励着我，在比赛的时候，我一直在心里想着，我就是小山真美子，我的孩子正面临着危险，我必须飞奔过去接住他！"

毫无体育天赋的小山真美子却创造了短跑速度的奇迹，而对儿子深沉的爱就是帮助她激发潜能的关键钥匙。可见，每个人其实都握有超乎自己想象的宝藏，我们所缺少的，只是挖掘出这些宝藏的契机与力量。

02

在保险销售行业里，有一个传奇的名字——班·费德雯。他是位极其杰出的人物，曾在连续数年里创造了高达数十亿美元的销售业绩，并成了大家所追求的、卓越超群的百万圆桌协会会员。

在大约五十年的时间里，班·费德雯平均每年都达到了将近三百万美元的销售额。除此之外，他的单件保单销售还曾做到过两千五百万美元，甚至一个年度就超过了一亿美元的业绩。有人曾为他做过一个数字统计，发现在他的一生中，他共销售出去了数十亿美元的保单，高于整个美国百分之八十的保险公司销售总额。

可以说，在销售保险的历史上，班·费德雯就是一个无法超越的传奇，再没有任何一个业务员取得过他这般辉煌成绩。更令人惊诧的是，他实现的这一切，都是在他家方圆40里内完成的，这是一个叫作"东利物浦"的小镇上，全镇人口只有1.7万人。

在谈到自己的成功时，班·费德雯不无感慨地说："我之所以能够获得成功，是因为我有一颗强烈的进取心。而那些对自己的生活方式与工作方式完全满意的人，他们却陷入了一种常规。如果这些人既无任何鞭策力，也没有进取心，那么，他们也只能在原地徘徊。"

一颗强烈的进取心，想要成功的欲望，突破自我的勇气，正是这些东西，让班·费德雯拥有了挖掘宝藏的力量，并最终缔造了震撼保险界的销售奇迹。

03

人生最大的遗憾与悲哀不是"我做不到"，而是"我认为我做不到"。

很多时候，我们之所以无法触摸成功，不是因为我们缺乏追逐成功的能力和运气，而是因为我们给自己设定了一条"界限"，在努力之前便已经否定了自己，主动放弃了对成功的追逐与渴望。

在现实生活中，很多人其实都是如此，他们总认为，有些事情，既然别人都做不到，那么自己肯定也是做不到的。于是，他们总是习惯安于现状，不敢改变，不敢争取，画地为牢，将自己圈进在小小的天地，艳羡着别人的潇洒与成功。这是何其悲哀的事情，不曾努力，便已放弃。

在出生伊始，我们的手中便已然握着生命中最重要的宝藏，只是，这些宝藏被埋藏在了灵魂的深处。有的人以不屈的心和坚强的意志将这些宝藏挖掘了出来，为自己的人生缔造一个又一个的奇迹；而有的人呢，却死守宝藏而不自知，在庸碌中度过一生。这便是成功者与失败者最大的不同。

你多走了弯路，但看到了更多的风景

在数学上，两点之间，直线最短。但在人生的旅途中，我们却无法清晰地给自己找到两个"点"，进而找到那条最短也最好走的路。

人这一生，能力固然重要，运气却也是不可少的。有的人好运，哪怕能力平平也总能过得一帆风顺；有的人运气不佳，哪怕手段凌厉，也总少不了状况频发。然而无论是前者还是后者，实际上都有自己的好处。那些少走弯路的，自是能活个轻松自在，而那些多走了弯路的，又何尝不是收获了更多的风景呢？

人生便是这样，无须总为"公平"二字如鲠在喉，纵然人人都渴望能踏上一条康庄大道，可总免不了会有人沦落到那条崎岖山路。纵是山路难行，却也能收获别样风景，所以，若命运已是无法改变，与其艳羡甚至嫉恨别人，倒不如放宽心思，好好欣赏自己小道上的大好春光。

01

在电影《穿普拉达的女王》中，刚从学校毕业的女孩安迪阴错阳差进入一家顶级时装杂志做了总编的助手。

这本是天大的喜事，安迪也感到非常开心，但很快，安迪就发现，这个"幸运"的降临却其实是一场可怕的噩梦，因为这位顶级时装杂志的女总编米兰达简直就是个如同恶魔一般的存在，她尖酸刻薄，颐指气使，还是个可怕的工作狂和完美主义者。在她眼中，安迪不仅仅是助手，同时也是她的保姆、仆人，无论公事还是私事，她都一股脑丢到安迪的头上，把这个年轻的女孩折腾得苦不堪言。

在这份工作的折磨下，安迪自己也发生了巨大的变化。以前安迪是个得过且过的人，对时尚一窍不通，不会化妆，不会打扮。自从获得这份工作之后，在恶魔总监米兰达的各种批评和打击下，安迪不得不强迫自己改头换面。她开始留意时尚信息，从内到外地改变自己，换上时尚圈子里的衣服，像女超人一样完成着一切超负荷的工作……

在电影的最后，已经成为"完美助手"的安迪放弃了这份工作，毅然离开了这家杂志社，因为她不希望让工作成为生命中的唯一，她意识到，对她来说，家人与朋友比工作更加重要。

虽然在电影的结局中，安迪放弃了这份她为之付出许多的光鲜亮丽的工作，但不可否认的是，这份工作在带给她无尽折磨的同时，也将她从一块平凡的顽石，打磨成了璀璨的美玉。即使这份工作没有成为她最终的归宿，但却给她带来了翻天覆地的变化，帮助她成了更加优秀的人。

对于安迪来说，这份工作或许可以说是她人生中的一段弯路，虽然这段弯路她走得很艰辛，但在这段路途中她所获得的宝藏也是极其可贵的，而这些东西终将会成为她人生的筹码，让她能够走到更高更远的地方。

❭ 02

人这一生会走许多的路，看许多的风景，而每一段路，每一条风景线，在我们的人生中，都有着其特殊的意义，是旁的任何东西都无法取代的。只要是踏出的步伐，那便没有哪一步是白费的，只要入眼的风景，那便没有哪一幕是毫无意义的。

她曾梦想成为一名作家，但她知道，这并不是件容易的事，除了需要丰富的文学素养之外，还得拥有足够的阅历和知识储备。可她不过是一名普通的家庭主妇，毕业于一所极其普通的大学，然后做了三年全职太太。这样的情况，怎么能成为一名作家呢？

可尽管如此，她的内心却始终有些蠢蠢欲动。她总是想：为什么我的梦想就不能实现呢？难道一个普通的大学生就无法成为作家吗？不，人生的选择在于自己，我不能不做努力就选择放弃。

抱着这样的想法，她开始利用空闲时间在网络上尝试写作。朋友知道她的行为后，便规劝她说："这条路实在是太难走了。多少人写作了多少年依旧寂寂无闻，一无所成。你为什么不趁着年轻，找一份稳定、有前途的工作？你现在真的打算以写作为生吗？那么你就必须做好穷得吃土的准备。"

她的内心其实也很忐忑，怕付出没有回报，怕最终依旧一事无成。但她更怕的，是还不曾尝试便已经选择失败。她说道："人生的每一种选择其实都是有风险的，如果因为有风险就放弃，那么这辈子恐怕就一事无成了。而且，即使失败也不要紧，哪怕最后我无法成为一个作家，但我想这段时间我的付出也会让我得到很多，对未来是很有好处的。况且写作会让我觉得每天很充实，没有虚度光阴。"

下定决心以后，她给自己制定了阅读计划，以提升自己的文学素养。她阅读了很多能够开拓见识并引人思考的著作，比如美国著名学者戴尔·卡耐基的《做内心强大的女人》、美国作家汤马斯·佛里曼《世界是平的》、中国柏杨的《中国人史纲》等。通过大量的阅读，她学会了独立安静地思考，开拓了自己的眼界，并且提高了写作能力。

之后，她开始尝试写一些随笔放在微博上，没过多长时间，就出现了众多转载她文章的网络媒体和知名网络媒体人。随后，她因为出色的文笔和新颖的观点被所在城市的一家报社聘为专栏作家，并且开通了属于自己公众号，与读者一起分享自己的心得和文章，受到了十几万的读者的青睐和欢迎。

⟍03

人生就像一张纸，你书写在上面的每一笔，最终都会留下不可磨灭的痕迹，这些痕迹交错在一起，组成的便是你一生的画卷。你所付出的，永远不会白费，你所努力的，终究会有所回报，即使这种回报不在当下，也终会以其他形式，出现在未来的某个时刻。

命运其实并没有你所想的那样不公道，若高山阻碍了你前行的道路，那么你在翻越高山时，便能领略"会当凌绝顶，一览众山小"的山顶风光；若江河阻挡了你前进的道路，那么你在淌过江河时，便能感受"无边落木萧萧下，不尽长江滚滚来"的气势。

所以，当你发现自己走的路远比别人要更多，更崎岖的时候，不要难过，不要悲伤，也无须去羡慕他人的好运气，那些你比别人踏出的更多的脚印，终究会让你收获比别人更多的风景。

TOP 06

人最不该辜负的是自己，
答应自己的事，
少一件都不算数

———

　　如何在人生的道路上走得更远更精彩，这是每个人的终极目标，但是实现这个目标的人却凤毛麟角。让人们不能实现这个目标的原因是什么？就是辜负自己。想要实现人生的终极目标，只要按照自己的计划走下去就好，不要辜负自己，只要答应了自己，就要坚决的执行下去。

辜负自己太容易，借口总比行动多

这个世界上，总是有人活得很憋屈，有人却活得很精彩。

憋屈的人日子过得浑浑噩噩，嘴里总是叫嚣着要改变，行动却从来都跟不上。他们总有太多的借口来安慰自己：

我已经这么大年纪了，又何必再去挣扎；

我本来脑子就不聪明，又何必浪费时间去努力；

我天生就不适合干这个，所以做不出成绩也是预料之中……

借口总比行动多，于是憋屈的人每天都在辜负自己，心安理得地放弃努力，放弃付出，嘴里叫嚣着对人生与命运的不满，却又死死龟缩在狭小的天地，就连迈步走出去都不敢尝试。

而那些活得精彩的人呢？哈！他们可是忙得很呢，哪里有时间四处叫嚣，为自己的怯懦与失败找各种各样的借口呢？

＼01

　　他叫王顺德，是个精神矍铄、身材矫健的老头，人们亲切地称呼他为中国"最帅大爷""老鲜肉""老型男"……而比这些称号更加传奇的，是他那精彩纷呈的人生经历。

　　王顺德出生于沈阳一个普通的农民家庭，小时候由于家里穷，上不起学，他14岁就辍学打工养家，24岁时偶然接触话剧表演，从此便一发不可收拾。

　　话剧表演是必须具备一定的文学修养的，得认字，还得能理解台词所要表达的含义，这对王顺德来说并不是件容易的事，他早年辍学，识字不多，更别提其他了。虽然如此，但出于对话剧表演的热爱，王顺德没有丝毫退缩，毅然决定要学好话剧表演。之后，他白天就在剧团排练，晚上则补习小学、初中、高中课程，不断给自己充电。他的文学素养完全是靠自己的努力一点点堆上去的，在坚持不懈的努力之下，王顺德开始在话剧界声名鹊起，成了一位知名的话剧演员。

　　49岁那年，王顺德又喜欢上了哑剧表演。那时候的他在话剧团的地位已经十分稳固了，但为了圆自己的"哑剧梦"，他果断放弃了稳定的话剧团工作，只身前往北京，开始学习哑剧表演。

众所周知，哑剧表演的关键在于形体表达，这对于一个年近 50 岁的人而言，绝对是一项巨大的考验和负担。为了让身体达到最佳状态，王顺德开始到健身房展开了疯狂的锻炼，他不看电视，不打牌，每天健身 2 个小时，游泳 1 个小时，每周一次速滑，春夏秋冬，风雨无阻。

又是凭借着这一股子的韧劲儿，这个年届 50 的老男人硬是练出了一身结实的肌肉，成功表演了一场又一场的活雕塑，他独创的"造型哑剧"成为世界上唯一的哑剧种类。之后的十几年间，他也一直在坚持健身，岁月回报给他的不仅是满面红光，更是一次次向上的人生机遇。

从 2001 年开始，凭借须发皆白、仙风道骨的形象，这个 65 岁的老头又踏入了影视圈，他饰演了《天地英雄》里的老不死、《闯关东》里的独臂老人、《功夫之王》里的玉皇大帝……之后，他 70 岁练腹肌，78 岁骑摩托车，79 岁上 T 台……2015 年中国国际时装周上，他一夜爆红，无数人都认识了这个与岁月抗争的"老帅哥"——王顺德。

种一棵树的最佳时间是什么时候？答案有两个，一是 20 年前，二是现在。

生命永远没有"来不及"，只要心怀激情，能够拼尽全力，任何时候，你都可以去做自己想做的事，你都可以向命运发起挑战。只要不再有借口，人生永远不会"来不及"。

02

柴田丰女士一直是位普通的家庭主妇，为自己的家庭奉献了平凡的一生。

在92岁那年，这位女士外出时不慎扭伤了腰，无奈之下，只得一整天闷在家里，无所事事。无聊和孤单填满了她的内心，她每天唯一能做的事便是回忆，然后又因那些回忆而唉声叹气，惋惜自己的一生无所成就。

年轻时的柴田丰也曾有过自己的梦想，她喜欢读诗，也曾憧憬过未来的自己或许会成为一名诗人。可惜，后来她成了一名家庭主妇，所有的时间都用来操持家务、照料孩子，儿时的期盼也逐渐淡了颜色。

如今，回想起这些，柴田丰的心中突然涌起一阵冲动，她依然喜欢诗，依然想写诗，想实现年轻时的那个梦想。于是，她决定从现在开始尝试写诗。

现在写还来得及吗？不少人对此心存质疑，毕竟她已经92岁了，可不是29岁。但柴田丰还是毅然拿起了纸笔，哪怕在这个年龄，就连起床都成了件很累的事。

柴田丰女士的写作速度并不快，毕竟她的身体确实不那么硬朗。但每次只要一出作品，她都会积极地四处投稿。虽然她只是名新人，但却有着丰富的人生阅历和生活积淀，因此她的作品都非常有思想，也很能感染人，很快她的作品就变成了铅字。

七年后，柴田丰女士出版了她的"处女作"诗集《请不要灰心呀！》，十个月内销售150万册，感动了日本亿万读者。在《请不要灰心呀！》诗集中，她说"即使是九十八岁，我也还要恋爱，还要做梦，还要想乘上那天边的云。"

2013年1月19日，柴田丰女士在一家老人院过世，享年101岁。她走得很安详，没有任何痛苦。回顾自己这一生，她感慨道："曾经，'我已经老了'的忧郁，深深笼罩在我心头。但写诗时，我完全忘了年龄。写诗让我明白，人生并非只有辛酸和悲伤。所以，不论怎样孤单、寂寞，我都在考虑，不论到了什么时候，人生总要从当下开始。不论是谁，都不必灰心和气馁，因为黎明定会来临。"

03

当你真的想做一件事时，任何阻碍都不会是阻碍，任何借口都无法成借口。人生中的很多事情，你做了未必就一定会成功，但若是你不做，那么便是你自己选择了失败。

对于一个真正有所追求的人来说，人生是不存在任何借口的，任何时候，只要你想做一件事，那么便永远都不会晚。20岁、30岁、40岁……只要肯努力，一切永远都来得及。

那些总是羡慕着他人的成就，自己却又裹足不前的人，是永远无法得到任何东西的。

诚然，我们须承认，人与人之间确实是有所差别的，即使付出同等的努力与汗水，两个人所能收获的东西也未必就能一样。但未来总有着无限种可能，只要播出种子，就一定会有所收获，无论这些收获是不是你心中所期盼的。但可以肯定的是，若你连种子都不愿播撒，那么注定将一无所获。

所以，别再为自己的失败与痛苦找借口了，若你甚至都不曾努力，今日的荒芜与萧条，也不过是辜负自己的代价而已。

 安静地懂事，所以被人安静地遗忘

两个孩子发生冲突，一个抿嘴沉默不语，一个张嘴号啕大哭，且不言对错，大人往往会先去安慰那个号啕大哭的孩子，至于那个安静地沉默不语的孩子，既然这般乖巧懂事，那么自然就被暂时遗忘到一边了。毕竟，即使不去安慰，他也不会哭泣，不会打扰，不会抗争。所以，我们总是喜欢"懂事"的孩子，却又总是迁就"不懂事"的孩子。

人们总对你说：乖一点儿，懂事一点儿，这样会更讨人喜欢，更令人欢喜。

然而，等有一天，你变得越来越懂事，越来越乖巧之后，你会发现，你也就变得不那么重要了。你不哭，便没人觉得你痛；你不闹，便没人认为你在意；你不争，便没人帮你捍卫权利。

因为你总是安静地懂事，所以总被人安静地遗忘。

因为你总是沉默不语，不争不抢，所以总被人当作透明的背景板。

因为你总是这样好糊弄，乖巧又听话，所以总被当作牺牲品，为那些"不懂事"的人让路。

所谓"懂事"，有时不过是成人世界的套路罢了。会哭的孩子才有糖吃，懂得任性吵闹，才能收获优待和宠爱。

＼ 01

在电影《前任攻略》中，男主人公孟云的人生中有两个非常重要的女人，一个是相识十余载的青梅竹马罗茜，一个是一见钟情的恋爱对象夏露。

罗茜是个乖巧懂事的独立女青年，心中一直深爱着孟云，却从未开口表白过。一直以来，她都以好朋友的身份默默陪伴在孟云身边，在一起成长的十几年时间里，她善解人意地为孟云排忧解难，温柔体贴地照顾着孟云的情绪。

她帮助孟云创业，帮他打理公司，甚至在他有了女朋友的时候还要小心翼翼地隐藏好自己的感情。她是这样的懂事，深情又胆小，就连伤心痛苦的时候，也不忘记在脸上挂上懂事的微笑。

夏露和罗茜是完全不同的女孩，她娇俏可人，无拘无束，会撒娇，会发脾气，会抗议，会索取，会因为男友的关心不够而生气，会因为男友和其他女生关系过密而据理力争。她聪明又漂亮，任性又温柔，虽然和孟云认识的时间不长，却一点儿一点儿地占满了孟云的生活。即使后来，两人因一些事情分开之后，秉性风流的孟云也无法将她从生活中完全剔除，一直守在原地等她回来。

对懂事的罗茜，孟云或许曾经也是有过心动的，但风流成性的孟云却从来不曾想过要为她而停留，不是罗茜不够好，也未必是孟云的感情不够深，只是，她如此乖巧又懂事，不哭不闹不喊疼，久而久之，孟云也就忘记她会疼、会哭、会难受了。是啊，你根本不需要去改变，去迁就，去付出，就能轻易得到对方给予你的一切，这样的情况下，你又怎么还会再去改变、迁就、付出呢？轻易就得到的，总是最容易被忽略，被遗忘的。

很多时候，任性其实也是一种获得爱与关注的方式，你没必要总是这样委屈自己。若总是安静地站在一旁，做懂事的孩子，那么有一天，你便会被别人安静地遗忘，成为生活的一块背景板。

02

从很小的时候开始，父母就告诉她，要做一个懂事的孩子，与人为善，学会为别人着想。脾气温软的她乖巧又懂事，把父母的话牢牢记在了心里，从来不曾和人红过脸。她学会隐藏自己的情绪，学会忍耐自己的需求，不管遇到什么事情，从来不会哭闹，不会争取。

在家里，她总会主动做家务，帮助父母照顾妹妹；在学校，她总是对同学予取予求，哪怕受了委屈，也不曾吐露半个字。有喜欢的东西，她不敢主动开口要，生怕因此让父母不高兴；有不愿意做的事情，她不敢开口拒绝，生怕因此让朋友和同学生气。她每天都循规蹈矩地活着，体谅着别人的辛苦，却从来都忘记了自己的辛苦。

认识她的人都夸她乖巧又懂事，性格好，脾气好。她以为，只要自己这样一直努力，成为一个懂事的，不给人添乱的人，就能得到别人的肯定与赞美，就能收获更多的爱。然而，她却渐渐发现，一切与她想象得似乎并不一样。

在家里，因为她是乖巧懂事，从不给父母添麻烦的姐姐，所以不管发生什么事，她永远都得给妹妹"让道"；在外头，因为她脾气温软，所以每次发生争执，她总是最先妥协让步的那一个，也是最受欺负的那一个。后来大学毕业，进入公司，她又成了同事们的"便利贴"，谁都可以毫无负疚感地使唤她，毫无罪恶感地"用完就丢"……

人啊，总是最擅长得寸进尺，你越是懂事，越是明事理，就越没人把你当回事，他们总是希望你能体谅别人，牺牲自己。而他们的容忍和关爱，则全部都分给了那些任性、哭闹、反抗、不懂事的人。

03

趋吉避凶是人的一种本能。当你展现出"不好惹"的一面时，遇着你的人为了自身的"安全"，往往便会退让几分；相反，若你展现出一副"好欺负"的样子，那么遇着你的人恐怕就该得寸进尺，要求你退让几分了。

每个人都喜欢懂事的人，这点儿并不假，因为和懂事的人相处，总能省掉许多麻烦，甚至还能得到不少好处。但人总是会习惯的，习惯付出，也习惯别人的付出。当你习惯成为一个懂事的人，自觉自愿地为别人付出时，别人其实也在渐渐习惯你的付出，而当一切都习以为常之后，你的付出便成了一种理所当然的存在。既然理所当然，又何谈感激、感动、感恩？

　　若你习惯了委屈自己，别人终有一天也会习惯委屈你。懂事和退让永远换不来心疼和怜惜，只有守住底线，活得自我独立，才能真正得到别人的尊重，也才能真正让自己活得更好，获得更多的肯定与认可。

既然有幸来世走一遭，就不要活得太粗糙

　　人们常说，性格决定命运。

　　严谨认真的人，总能把日子过得井井有条；乐观豁达的人，总能把日子过得阳光灿烂；积极进取的人，总能把日子过得蒸蒸日上。

　　反过来说，你的生活是什么样子，关键还是取决于你对待生活的态度。若你日子过得太粗糙，那也只能说明，是你自己活得太粗糙。

　　人这一生，每一分每一秒都是何其宝贵的，消耗的生命与时光永远不可能有重来的机会，既然有幸来这世上走一遭，那便还是用心一些，别将生活过得太粗糙吧！

＼01

　　三毛是个奇女子，一生都充满传奇色彩。喜欢三毛的人

很多，她的坚强、豁达、浪漫，一切都令人心驰神往。

年幼时的三毛是一个身体瘦弱，性格任性、执拗、不合群的女孩。当时正值青春年少，身边的许多女孩每天热衷于打扮、逛街、追剧，但她却每天捧着不同的书阅读。她和旁人总是不一样的，与众不同得有趣。

早在小学时期，三毛就已经表现出了对文学的喜爱与天赋，那时她偶然听到一张西班牙古典吉他唱片，非常感动。西班牙的小白房子，毛驴，一望无际的葡萄园，那样粗犷，那样质朴，是她向往中的美丽乐园。为了追寻这样一座心之乐园，三毛休了学，只身远赴西班牙，进入马德里大学就读。也正是在这里，她结识了自己生命中最重要的男人，她未来的爱人——荷西。

三毛与荷西一见钟情，并约定好日后结婚。后来，一次偶然的机会，三毛在美国《国家地理杂志》上看到了一张撒哈拉沙漠的照片，那幅照片深深吸引了三毛，就这样猛地撞入了她的心。在那样难以名状的感情的牵绊下，三毛做了一个惊人的决定：她抛弃了繁华舒适的都市生活，背起行囊，选择去远方流浪，找寻那处让她心悸不已的地方。

在当时，三毛的行为简直就是挑战了当时社会与家庭的管制，许多人都持反对态度，觉得三毛实在太任性了。但即使如此，三毛也并未打消自己的念头，她从不掩饰自己的与众不同，也从不拒绝来自心灵与灵魂深处的召唤。她很清楚自己的渴望，她想去那里看一看，去那片广袤的沙漠里，寻找生活的真善美。

荒凉的沙漠中，爱人荷西与一所简陋的小房子向三毛敞开了怀抱。在这里，三毛追寻到了曾经从未有过的自由，没有人再要求她必须活成什么样子。她到垃圾场拾来旧汽车外胎，洗清洁，里面填上一个红布坐垫，像个鸟巢，俩人抢着坐；拾来深绿色的大水瓶，抱回家来，上面插上一丛怒放的野地荆棘，那感觉有一种强烈痛苦的诗意；拾来不同的汽水瓶，再买下小罐油漆，给它们涂上印第安人似的图案和色彩；驼头骨早已在书架上了，她还让荷西用铁皮和玻璃做了一盏风灯……

在荒凉的沙漠，三毛却活得安详而优雅，自由自在地吟咏风花雪月，笑看漫天黄沙。她常说："自由自在的生活，在我的解释里就是精神的文明。"

正是在这段解放灵魂的日子里，三毛完成她的第一部作品《撒哈拉的故事》，并迅速掀起了一股"三毛热"，人们也就此认识了这个活得恣意潇洒的女子，看到了她浪漫而洒脱的人生。

活成什么样，不在于你生活在什么地方，而是在于你的心放在什么地方。

◥ 02

人这一辈子，不用太较真，但却一定得活得认真，认真做好每一件事，认真对待每一场际遇，认真地活着，才不会辜负自己这一生。

在被空降到某公司当行政主管之前，霍茵茵是满怀雄心壮志的，但真的上岗之后，她才发现，这里存在的问题实在太多了。尤其是市场部，员工之间互相包庇的现象十分普遍，比如 A 迟到，那么 B 就会替其签到，B 明明无故旷工，但考勤表上却依然是全勤。

霍茵茵很快把发现的问题向市场部经理反映，但没想到的是，对方对此却不以为然，还开脱说什么市场部工作不容易，大家都是给老板打工的，睁一只眼闭一只眼。甚至还向霍茵茵暗示，以前的行政主管因为对市场部就很宽容，所以每年能拿到几千块钱的感谢费。

初来乍到，过早得罪人不是什么好事。霍茵茵其实很清楚这一点，她也完全可以表面笑靥如花，背后虚与委蛇、明枪暗箭地去对付这些人。但霍茵茵向来就是个光明磊落的人，根本不屑于和他们"打太极"。她义正词严地训斥了市场部经理，明言这是一种失职行为。很快，霍茵茵就遭到了来自市场部的抱复，该部门经理在背后联合所有的下属和同事一起排挤她，想要把她赶出公司。

意识到市场部的动作之后，霍茵茵直接找到了市场部经理，开门见山地对他说道："我最讨厌背后搞小动作的人，我希望大家好好配合我工作，否则我就向上级领导举报你们。"由于霍茵茵态度强硬，加上上层领导也确实看重她的能力，市场部经理只好不甘不愿地偃旗息鼓，承诺以后公事公办。

对于手底下的员工，霍茵茵的原则性与执行力同样很强，处理问题也不敷衍，不圆滑，有谁迟到或无故旷工她就会一一标明，月底发薪时该扣的扣，该罚的罚。

起初，不少人都暗地里指责霍茵茵不近人情，做人太较真，但后来，大家发现，除了惩罚这些犯错误的员工之外，霍茵茵也会奖励那些立了功、表现突出的员工。她从来不会抢手下员工的功劳，但凡是有员工表现优异，她都会直接向上级进行反映，并为员工争取更合理的利益。

有人曾问过霍茵茵，当初顶着得罪这么多人的压力去做这些事，难道就没想过可能会被众人排挤、谩骂，甚至丢掉工作吗？为什么要这样较真呢？可霍茵茵却说，这不是较真，只是活得认真。做一件事，如果连自己都不能认真对待，那么又怎么去要求别人认真对待呢？人生就是这样，你的态度决定了你的境遇，也决定了你的人生能有多少价值，多少意义。

人生如画亦如歌，为自己创造快乐

婚礼上，父亲将新娘的手郑重交托在新郎手中，说："以后，她的幸福就交给你了。"

不等新郎许诺，新娘却洒脱一笑："我的幸福在我自己手里攥着呢，不需要交给别人！"

新娘的洒脱与通透着实令人动容，我们总习惯于将自己的幸福和快乐依托给别人，却从不曾想过，为何不将这些东西抓到自己手里？

放在别人手里的东西，哪怕对方予取予求，也终究不是由自己掌控的，唯有那些真真切切捏在自己手心里的，才真正属于自己。

把幸福与快乐握在自己手中，人生便是如画亦如歌，自可画中赏游，亦能曲中寻乐！

01

某天下午，办公室的三个年轻女孩凑在一块喝奶茶聊天。

女孩 A 一边享受着下午茶，一边甜腻腻地炫耀："呵，这是我男朋友给买的，刚刚开车送来，知道咱们的临时办公的地方偏，没有卖好吃的地方……"

女孩 B 一听，满脸羡慕地哀叹："你可真幸福呀，怎么就没人给我送呢？我也好想交个会给我送下午茶的男朋友呀！"说完，女孩 B 又转过头对着不太爱凑热闹的女孩 C 说："你是不是也觉得很羡慕呀？啊，你今年过完生日就三十了吧？还不赶紧抓紧时间，找个送爱心零食的人，不然以后可嫁不出去咯！"

看着女孩 B 满脸担忧的样子，女孩 C 却淡然吐出三个字："不需要。"

女孩 C 心想：为什么一定要找一个可以给自己买零食的人呢？想吃零食，我自己也可以去买。其实，一个人的生活同样可以很诗意，很灿烂。恋爱和结婚都应该是顺其自然的事，强求得来的又怎么会长久呢？而且，即使不恋爱，不结婚，人也是可以享受独自一人的幸福和快乐的呀，何必非得把快乐和幸福与旁人挂钩呢！

女孩 C 是这么想的，同时也是这么做的。30 岁的她，并不觉得一个人的日子很孤独。情人节那天，多少女人看到出入成双的情侣心生羡慕，可 C 却依旧很淡然，她给自己买了一盒美味的巧克力，在家捧着杯奶茶看了一场许久之前就想看的电影，舒适而惬意地度过愉快的夜晚。

对于女孩 C 来说，她快乐与否与旁人是毫无关系的，哪怕平时工作劳累或心情不好时，她也从来不会期盼别人的安慰和关爱，她会给自己买漂亮的衣服，会给自己点美味的大餐，会去想去的地方旅行，会做自己感兴趣的事情。这样的生活舒适而优雅，自由又自在，这样的幸福又何尝不令人心驰神往呢！

02

幸福，如人饮水冷暖自知。

我们评判一个人是否幸福，并不是看他拥有多少或得到多少，而是应该看他的内心是否感到满足与安宁，是否被快乐所充斥，是否洒满和煦的阳光，开遍灿烂的花朵。

她叫黄美廉，一位来自台湾的女士。因为医生的疏忽，她自幼就患上了脑性麻痹症，以致颜面、四肢肌肉都失去了正常的作用，她不能说话，嘴还向一边歪曲，口水总是止不住地流下。然而，就是这样一个"废人"，却用手当笔，画出了加州大学艺术博士学位，也画出了独属于自己生命的灿烂。

黄美廉女士的坚强令人动容，在一次演讲会上，一位学生直言不讳地问黄美廉女士说："请问黄博士，您为什么这么快乐呢？您从小身有残疾，您是怎么看待自己的，有没有过别样的想法？"

对一位身有残疾的女士来说，这个问题是尖锐而苛刻的，但黄美廉并未觉得有丝毫的难堪，她朝这位学生笑了笑，转身用粉笔重重在黑板上写下一句话：我已经足够好了！

接着，黄美廉又在黑板上龙飞凤舞地写道：

一、我很可爱！

二、我会画画、会写稿！

三、我的腿很美很长！

……

台下顿时掌声如雷。

或许在其他人看来，黄美廉是可怜的，应该被同情的，但于她自己而言，就像她所"说"的，她已经足够好了。她有那样多的优点，那样多值得夸赞的地方，哪怕别人暂时没有发现，但又有什么关系呢？她自己知道，她足够好，足够优秀，那就够了。

因为爱着自己，所以从来不会缺少爱。因为充满自信，所以永远不会被自卑的阴影笼罩心头。因为懂得欣赏自己，所以无论何时都能昂头挺胸，自信满满地迎接生活。这就是黄美廉，一个懂得爱自己、欣赏自己的人。所以，哪怕生命少了一些馈赠，她也能活得恣意潇洒。挥洒笔墨，引吭高歌，快乐从来都握在自己手中。

03

快乐是一种心情，也是一种能力。

不论你漂亮与否，或学识高低，或贫穷富有，只要你愿意，你便可以让自己快乐。

晴天有阳光明媚的快乐，雨天有结伴踩水的快乐，春天有百花盛放，夏天有绿树成阴，秋天有麦浪滚滚，冬天有白雪皑皑……

人生之际遇，无论平顺或坎坷，都能从中寻找到别样的快乐。重要的是，你是否能将快乐把持在自己手里，让自己拥有快乐起来的能力。

人要懂得爱自己，尊重自己，当你能够坦然接纳自己的时候，你会发现，快乐与幸福其实一直都握在你的手中。或许命运会给你带来坎坷和磨难，但它却永远都无法夺走你的幸福与快乐。

 在灵魂的独行中寻找生活的真谛

在《灵魂只能独行》中，周国平写道："灵魂永远只能独行，即使两人相爱，他们的灵魂也无法同行。世间最动人的爱，不仅是一颗独行的灵魂与另一颗独行的灵魂之间的最深切的呼唤与应答。灵魂的行走，只有一个目标就是寻找上帝。灵魂之所以只能独行，是因为每一个人只有自己寻找，才能找到他的上帝。"

人生如旅，这一世，能有一路相携的知己固然是一种幸运，但很多时候，有些路程注定了是只有一人能够行走的，有些风景，也唯独只有一人能够欣赏。

每个人的生命中都需要一场独行，在这场独行中，我们与心灵对话，和灵魂共舞，借此寻找到生活的真谛。

\ 01

一辈子总该有那么一回，无所畏惧地背起行囊去独自旅行——看到这句话，总让人联想起一部名为《美食祈祷和恋爱》的慢节奏电影。

电影女主角名叫伊丽莎白，是一个年届30的女人，和所有独立的美国女性一样，她拥有不错的事业，优秀的丈夫，还有一所大房子。从表面上看，她的生活几乎没有什么缺陷或瑕疵，在别人眼中，她也是个十分幸福的女人。

但事实上，她从来不知道自己真正想要的是什么，也从来没有过发自内心的满足与幸福。她有一颗五彩缤纷的心，却从未真正顺从心意地为自己活过。她说："从15岁开始，我不是在恋爱就是在分手，从来没有为自己活过两个星期，只和自己独处。"

年幼时，伊丽莎白和所有女孩一样，也曾憧憬过未来的生活，那时候的她以为自己会成为很多孩子的母亲，拥有幸福美满的家庭。可是结婚以后她却发现，自己根本不想要孩子，甚至不想要丈夫，这些看似理所当然的拥有，却无法带给她任何一丝的满足感。

为了给生活寻找一条出路，伊丽莎白决定给自己一些独处的时间与空间，好好想清楚自己究竟想要什么，并重新认识自己。她辞掉了工作，抛弃了已经变质的婚姻，斩断所有的物质羁绊，开始了一场独自一人的旅行。这场旅行持续了整整一年。

她在罗马品尝各种各样的美食，充分享受着感官上的满足，在世间最美味的比萨和红酒中，她的灵魂仿佛得到了新生。她在印度感受自己的精神世界，在当地的古鲁和一位牛仔的热心帮助下，花了整整四个月的时间来重新认识自己，并开始练习瑜伽，在平静中洗涤杂乱无章的心灵。她还去了印尼的巴厘岛，在那里，她找到了平衡世俗的想法与精神超越的艺术，更重要的是，她还收获了意想不到的爱情。

这场独行让伊丽莎白死水一般的人生重新焕发了新的活力。美食让她重新品味到了生活的美好；祈祷让她终于实现了与自己心灵的对话；而恋爱，则为她的旅途增添了别样的光彩与生命力。

每个人或许都需要这样一场独行，让我们重新认识自己，了解自己，从而寻找到生活的真谛，生命的意义。

02

在35岁以前，她一直是个幸运的女人。

几乎从出生开始，她的人生就是一帆风顺的。家境优渥，父母恩爱，她又是家中独女，堪称万千宠爱于一身。

她漂亮又聪明，不管走到哪里都是"发光体"。她是众多家长眼中最优秀的"别人家的孩子"，她是老师们最器重的好学生，她是同学们最羡慕的完美女孩。

她的感情路同样十分顺遂，丈夫是青梅竹马的玩伴，两家人感情十分亲近，公公婆婆从小就把她"内定"成了儿媳妇，两人一毕业就顺利走入婚姻的殿堂。

这就是她35岁以前的生活，美好得甚至有些不真实。

35岁那一年，丈夫出轨被她捉奸在床，大受打击之下，她失去了好不容易怀上的孩子，并因为极其罕见的医疗事故就此永远失去了做母亲的可能，一系列的打击让她几近崩溃。

她憋着一口气和丈夫办完了离婚手续，在对未来的迷茫与彷徨中好几次险些从楼上跳下去，但每每想到年迈的父亲母亲，她又不舍得让他们感受丧女之痛。

浑浑噩噩地过了三个月之后，她决定离开这个地方，四处走走看看，让伤痕累累的心得到些许的休憩与抚慰。

拒绝母亲的陪同之后，她独自一人离开了，提着一个小小的行李箱，展开了一场漫无目的旅行。这是她第一次独自一人出门远行，以往的出行，身边不是有亲人，就是有朋友，她不需要操心任何事情。

这场旅行刚开始简直就是一场灾难：由于没有提前预订酒店，她不得不拖着行李走了大半夜，最后在一间小宾馆中将就了一夜；本想去海边看看波澜壮阔的大海，却因为看不懂地图而走错方向，在迷路的街头放声大哭；想去爬山看日出，却因为没有提前查询天气预报，被暴雨淋了个透心凉……

她第一次发现，原来一个人生活是这样艰难。但在这样艰难而悲惨的独行中，她也是第一次发现，原来不管多么狼狈，多么倒霉，只要咬咬牙撑住，明天的太阳依旧还是会照常升起。

她在哭泣中不断地前行，接二连三的倒霉事情让她根本没有多余的时间与精力再去想自己失败的婚姻和失去的孩子。

在这场狼狈的旅行中，她对摄影产生了兴趣，她喜欢上了街头的美食，她学会了一种时兴的街头舞步，她还能弹上一段简单而欢快的尤克里里。

这场旅行持续了两个多月，一开始的确手忙脚乱，如今她已经可以游刃有余地安排好自己的一切行程了。再次面对家人和前夫似乎并没有她想象中的那样可怕，那一刻，她突然清晰地认识到，即使是温室中娇弱的鲜花，也同样蕴含着抗击风雨的强大生命力。

在这场灵魂的独行中，她找到了自己，抚平了伤痛，并重新为自己找到了生活的勇气与方向。

﹨03

一个人未必就是寂寞，两个人也未必就能消弭孤独。

人生总是需要一场独行的，让灵魂摆脱依赖，看看陌生的风景，遇到陌生的人群，斩断一切的束缚与羁绊。一个人的旅途可以肆意、可以洒脱，你会拥有更多的时间与空间，拥有更多支配的可能。

让灵魂从繁杂的生活中抽身而出，让心灵从习惯的依附里独立出来，回到只有自己的境界，然后重新认识自己，拥抱自己，这便是独行的意义。

每个人都需要一场说走就走的独行，在这场独行中，我们终将遇见自己，认识自己，并寻找到未知的美好与生活的真谛！

低下头，幸福缠绵在手心

曾有人问：世界上最珍贵的东西是什么？

有人答说：是"得不到"和"已失去"。

然而，不管是"得不到"还是"已失去"，于我们的生命来说，都只余下一股执念，仅此而已，除此之外便不再有任何意义。这样的虚无又珍贵在何处呢？

世人皆言："物以稀为贵。"这是市场规律，因为稀少，故而供不应求，由此才变得珍贵。然而，"得不到"和"已失去"却并非稀少，而是"没有"，就像那镜中花、水中月一般，远远遥望，美丽非常，但却永远不可能握在手里，放在身旁。这样的美丽令人憧憬，但同时却也是毫无价值的。

所以，别总是把目光放在那些虚无的美丽上，那些不属于你的东西，再美好，于你的人生来说也是毫无意义的。那些真正宝贵的，值得我们用心珍惜的，恰恰正是此刻握在手中的幸福。

01

小镇上住着一个年轻俊朗的画家，他家境殷实，才华横溢，还娶了一位温柔体贴的妻子，日子本该过得很舒心。然而，这个人人羡慕的画家却终日闷闷不乐，总觉得自己的人生比别人少了点儿什么，实在平淡乏味得很。

一天晚上，年轻的画家独自站立在街头唉声叹气，这时一位老者走到了他身边，关心地询问他为何叹息，是否遇到了什么难事。画家把自己的烦恼告诉了老者，他说自己似乎什么都拥有了，可是却偏偏缺少幸福，他不知道该去何处寻找这种名为幸福的东西。

老者听了画家的话后，微笑着对他说："我明白了，我想我可以帮助你。"

第二天，一觉醒来，画家的生活发生了天翻地覆的变化，一夕之间他几乎失去了一切。他原本俊朗的脸上遍布伤疤，他灵活的双手再也无法执起画笔，他漂亮的房子变得家徒四壁，就连美丽温柔的妻子也不知所踪。

一个月后的晚上，毁了容并且一无所有的画家正在街头苦苦挣扎，饿得前胸贴后背，这时，那位老者突然又出现在了他的面前。老者看着画家落魄的样子，俯下身在他肩膀上轻轻拍了拍，画家两眼一黑晕了过去。

那一夜，他仿佛做了一个很长的梦，梦醒之后，一切又恢复了原状。他依旧俊朗不凡，家境殷实，他的双手依旧能画出最美丽的图画，他温柔美丽的妻子依然陪伴在他的身旁。那一个月痛苦而黑暗的日子就好像一个漫长的梦境一般。

又过了一个月，那位神秘的老者再次来探望画家，老者到来的时候，他正坐在花园里画画，妻子微笑着站在他的身旁，时不时俯身在他耳旁说几句话，气氛很是温馨。见到老者，画家不住地道谢，因为此刻，他终于找到了一直苦寻不得的幸福。

人总是这样，拥有时以为一切都理所应当，唯有等到失去才能学会珍惜。然而生活并不是故事，在故事中，画家可以幸运地失而复得，但在现实生活中，有太多的东西，一旦失去，便再也无法回到从前的样子了。

02

我们总在别人身上寻找幸福的影子，却不知，幸福其实一直都握在自己手里。低下头，摊开手，收回投注在别人身上的艳羡目光，你会发现，幸福早已缠绵在你的手心。

她本以为婚姻生活就是自己预想的二人世界，只有两个人的相互依偎。可真的走进了围城，才发现自己的想法是多么天真。车子、房子、工作、赡养老人、各种保险的开销，生活的重压磨灭了相爱的缠绵与憧憬，她开始心慌无措，常常为了生活的柴米油盐抱怨不已。

她本不是特别看重金钱的女人，总觉着日子美满就行了。可结婚后，看着同事炫耀自己的老公升职，听着邻居谈论谁家又换了新车，聚会上听说谁又开了公司，她开始变得不那么淡定了，甚至对丈夫心生不满。她开始喋喋不休地抱怨丈夫的无能，抱怨家庭的贫穷，抱怨生活的艰辛。

起初，丈夫还觉得有点儿"亏欠"她，没能给她更好的生活。可渐渐地，在她不断升级的抱怨中，丈夫越来越对此感到烦躁。两个人投机的话越来越少，口角却不断增多。

终于有一天，忍无可忍的丈夫和她大吵了一架。丈夫说她变了，变得世俗和势力。面对丈夫的指责，她又怨又怒，最终摔门而去。

那时外头正下着小雨，她一个人在街上游荡，看着细雨中你侬我侬的情侣，心中有种难言的痛楚。她躲在一家商店的屋檐下，看着雨中的车水马龙。一对小情侣站在她旁边相互依偎着，男孩把身上的衣服披在女孩身上，两人共同打着一把破旧的伞，女孩却笑得一脸幸福。明明是那样落魄的样子，可他们的笑容却美好得让人心动。

看着那对小情侣，她突然想到了多年前的自己和丈夫。那时候，他们也曾活得落魄而幸福，租住一间小小的房子，拥有的唯一交通工具就是一辆自行车。那时候的他们很穷，可那时候的两颗心却贴得很紧。

如今的境况明明好了许多，可为什么幸福却反而少了许多呢？

　　她呆立在屋檐下，听着淅淅沥沥的雨声，便利店突然传出周华健的那首《有故事的人》：我们越来越爱回忆了，是不是因为不敢期待未来呢，你说世界好像天天在倾塌着，只能弯腰低头把梦越做越小了……就算有些事烦恼无助，至少我们有一起吃苦的幸福，每一次当爱走到绝路，往事一幕幕会将我们搂住……

　　那一刻，她心中微微一动，似乎明白了什么。

　　雨停了，她转头去了菜市场，买了许多丈夫爱吃的菜。回到家后，她在厨房里忙活，丈夫安静地坐在沙发上看电视，两人之间仿佛什么事也没发生。

　　菜做好了，丈夫从身后轻轻抱住了她，那一刻的温暖，沁入心扉。她仿佛又回到了多年之前，两个人相互依偎，便再也无惧风雨。原来，最好的幸福一直都握在手里。

03

　　我们生活在这凡尘俗世，难免会受到周围环境和人事的影响，许多时候，不知不觉便将目光纠缠到了别人身上，追逐别人的幸福，让羡慕与嫉妒盈满心间。然而，最终我们总会发现，那些看似美好的，令人艳羡的东西，未必就是自己真正渴望的幸福。

　　所以，当你觉得自己拥有得很少，当你觉得自己距离幸福很远的时候，请试着低下头，摊开手，把你的目光收回来，好好看看，自己究竟拥有些什么。若你的眼中总是装满别人的幸福，又怎么能看到自己拥有的宝藏呢？心灵若因嫉妒而蒙上灰尘，那么即使让你拥有全世界，你也无法真正感到满足和安宁。

　　很多时候，人们之所以感到不满足，并非是因为拥有得太少，而是因为他们的目光一直集中在别人身上，却对自己的幸福熟视无睹。殊不知，那些珍贵的东西，早已缠绵在你的手心，触手便可及。